227633

LES

ACCENTS

DU CŒUR

PAR

ERNEST BONNEVILLE.

1862.

Prix : 3 fr. 50 c.

MONTPELLIER,

IMPRIMERIE L. CRISTIN ET Cᵉ, RUE CASTEL-MOTON, 5.

1862

V+

LES

ACCENTS

DU CŒUR.

LES

ACCENTS

DU CŒUR

PAR

ERNEST BONNEVILLE.

MONTPELLIER,

IMPRIMERIE L. CRISTIN ET Cᵉ, RUE CASTEL-MOTON, 5.

· 1862

PRÉFACE.

—

Oui, je suis inspiré lorsque je tiens la plume,
C'est pourquoi bien des fleurs brillent dans ce volume
Comme dans un palais qu'on orne avec amour.
Vous donc, amis des fleurs nouvellement écloses,
Hâtez-vous, savourez le doux parfum des roses,
  N'attendez pas la fin du jour!

Daignez lire ces vers où mon cœur sympathique
Parle, tantôt joyeux, tantôt mélancolique.
Oui, c'est un cœur aimant qui s'offre à votre cœur.
Je vous raconte ici plus d'une tendre histoire ;
Je chante, et si mes chants n'enfantent pas la gloire,
  Pour moi leur bruit est enchanteur !

Je chante, car souvent il est des heures sombres ;
Les rayons, sans tarder, s'effacent sous les ombres
Dans plus d'un être, hélas ! jouet d'un sort amer !
Tandis que, près du port, le nautonnier arrive,
Un vent impétueux l'éloigne de la rive
  Et le repousse en pleine mer.

Les accords toujours prêts sur ma lyre chérie,
J'ai laissé choir les fleurs de mon âme attendrie
Comme on laisse les flots poursuivre en paix leur cours.
C'est assez maintenant, harmonieuse lyre!
Déjà j'ai célébré, plein d'un noble délire,
    Dieu, la patrie et les amours!

Ce siècle adore l'or.... le goût a fait naufrage;
Pourtant il est des cœurs qui valent un hommage,
Des cœurs qui sont remplis d'estimables penchants :
Je voudrais voir, en eux, l'ange de poésie
Répandre, avec sa voix caressante et choisie,
    Le miel des plus suaves chants !

Mais, il faut l'avouer, lorsque la calomnie
Pour le barde au doux luth n'est pas toujours bannie,
Souvent, je me demande, en ma sombre douleur,
S'il est juste d'offrir d'exécrables calices
Au poète qui cherche à faire les délices
    De ce monde en proie au malheur !

Hélas! hélas! la lyre en tous les temps vibrante
Fut pour les vrais humains une amie obligeante
Qui ne mérite pas que l'on s'en fasse un jeu !
Quand la note jaillit, c'est pour réjouir l'âme,
C'est pour jeter dans l'ombre une charmante flamme,
    C'est pour traduire un doux aveu !

C'est pour glorifier la liberté si chère,
Pour semer.quelques fleurs dans ce lieu de misère,
Pour dépeindre l'amour qui seul nous rend heureux,
Pour plaire à la sylphide ainsi qu'il faut lui plaire,
Dire aux pauvres : Suivez un conseil salutaire !
        Aux riches : Soyez généreux !

Que ne puis-je, Ossian ! sur la harpe fidèle,
Célébrer des héros les combats et le zèle,
Reproduire le bruit du torrent écumeux,
La fureur des autans, la neige blanchissante
Et cadencer, surtout, la voix d'une âme errante
        Rêvant les rêves amoureux !

Ossian ! Ossian ! ta chère poésie
Est un attrait réel pour la mélancolie.
Tes vers, barde écossais ! répondent à mon cœur.
Pour chanter les brouillards, les forêts, la tristesse,
Comme à moi, quelque chose, au sein de la tendresse,
        Manquait sans doute à ton bonheur !...

Adieu pourtant, adieu, lyre bientôt muette,
Des nobles sentiments grâcieux interprète !
Tu rempliras, du moins, mes songes les plus beaux.
On ne peut pas chanter constamment sur la terre;
Sur des lauriers ou non, ô lyre! il faut se taire....
        Adieu !... j'ai brûlé mes vaisseaux.

Oui, c'en est fait !... à moins qu'au désert de la vi.
Par hasard je ne trouve une oasis chérie
Avec tous les objets qui font fuir la douleur ;
Alors, vers ton ami si le sort te renvoie,
O lyre, tu viendras retentir sur sa voie
      Comme un écho du vrai bonheur !

Qu'en attendant je plaise à l'aimable jeunesse !
Que l'homme mûr me lise aux heures de paresse !
Que le sage vieillard m'accueille avec faveur !
Et qu'un cœur romanesque, un cœur de jeune fille,
En rêvant, un beau jour, sous la verte charmille,
      S'ouvre aux accents d'un autre cœur !...

LES
ACCENTS
DU COEUR.

APPARITION.

O toi qui m'apparais quelquefois dans mes songes ,
Cœur charmant que mon cœur put posséder un jour !
J'ai goûté , cette nuit , l'ivresse où tu me plonges ,
Grâce à tes yeux si beaux où rayonne l'amour.

Au moment où je vis mon âme délaissée,
Quand je te sus partie en proie au cruel sort,
Je frémis…. maintenant tu berces ma pensée
Lorsque ton ombre blanche accourt d'un autre bord.

Ainsi tu viens pleurer un temps de jouissance,
Temps rapide que Dieu ne nous rendra jamais!
Ainsi, la nuit, pour moi tu n'es plus dans l'absence
Et mon cœur peut encore admirer tes attraits.

Ta bouche qui, jadis , me dit souvent : je t'aime!,
Dépose sur ma bouche encore un doux baiser.
Alors, je me réveille et m'écrie: — Anathème
Au destin qui défend, le jour, de l'embrasser!

Anathème toujours! malheur! malheur encore
Si la main d'un rival eût éloigné ses pas!
Mais son œil était pur comme l'œil de l'aurore,
Signe d'un noble cœur qu'un cœur ne maudit pas!

Son regard adoré, tendre et mélancolique,
En se posant sur moi répandait des éclairs ;
Et, quand venait la nuit, sa voix si sympathique
S'élevait, me charmant par les plus doux concerts!

Au fond d'un bois touffu , dans la verte prairie ,
Distraits, laissant nos pas errer sur le gazon ,
Ensemble nous menait la tendre rêverie
Quand le voile du soir s'abaisse à l'horizon.

Mais tout passe , tout suit le cours de la nature ,
Notre félicité s'éclipse sans retour.
Adieu , beau temps! adieu , charmante créature !
Adieu, lorsque tu pars, adieu , baiser d'amour !

Le sort, jaloux d'un temps rempli par la tendresse ,
Troubla cette onde pure avec un caillou noir.
Comme un pesant fardeau j'ai senti la détresse
Quand pour son bord natal est parti mon espoir!

Ainsi parle mon cœur quand le matin se lève,
Lorsqu'il trouve un mensonge et qu'il reste éperdu!
Oh! dit-il, je suis las, je suis dupe d'un rêve....
Rien ne me rendra plus tout ce que j'ai perdu!

Cependant, toi dont l'ombre avec amour s'avance,
La nuit, lorsque je dors, mets-toi près de mon cœur!
De te revoir un jour puis-je avoir l'espérance?...
Que dans un rêve, au moins, s'éveille mon bonheur!

Belle de tes attraits, simple dans ta parure,
Apparais, souris-moi, pleure aussi quelquefois!
Encadre ton beau sein avec ta chevelure
Et, tes yeux sur mes yeux, fais entendre ta voix!

Et je pleure, et je dis : — Voilà les destinées!
Et le sort, à son tour, me dit : — Il faut souffrir!
Ah! du moins, dans mon cœur, défiant les années,
Ce souvenir vivra.... comme un doux souvenir.

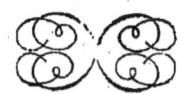

PENSÉES.

I.

J'aime d'un grand amour une belle aux yeux doux.
Assis à ses côtés, je suis fier et jaloux.
En contemplant son front que la grâce décore
Et son œil si limpide, image de l'aurore,
Je me suis dit souvent. — Que je serais heureux
Si je pouvais jouer avec ses beaux cheveux;
Si je pouvais presser, plein d'une douce ivresse,
Son cœur contre mon cœur où règne la tendresse;
Si je pouvais enfin, au comble des désirs,
De son sein palpitant savourer les soupirs!...

Mais qu'entends-je?.. — Des pas glissent légers dans l'ombre.
Dans ce bosquet touffu, mystérieux et sombre
Ma Sylphide, à présent, vient donc goûter le frais?
Oui, c'est bien elle!...—Ciel! quels regards! quels attraits!
Mais courons sur sa trace et jetons dans son âme
D'un signe de mes yeux la vive et tendre flamme.
Elle fuit.... — Ma présence a-t-elle, dans son cœur,
Fait naître tour-à-tour la crainte et le bonheur?

Elle fuit... — Reste, reste! ah! devient ma conquête;
Verse un baume divin dans mon âme inquiète!
Tes traits sont éclatants de grâce, de beauté,
Quoi! ton cœur serait-il sans amour, sans bonté?
Par mes regards d'amour ton âme caressée
N'a-t-elle pas trouvé la clé de ma pensée?
Oui, mon cœur après toi soupire nuit et jour,
Oui, j'invoquerais Dieu pour bénir mon amour,
Cet amour qui me charme et pourtant me dévore,
Aussi pur que l'azur, aussi beau que l'aurore
Et qui d'un vif éclat, s'il brillait dans tes yeux,
M'inspirerait des chants doux et mélodieux!

II.

Et je me dis: — Rions! plus d'inutiles larmes!
Contre l'adversité forgeons vite des armes!
Oublions le passé qu'arrosèrent mes pleurs
Et voyons aujourd'hui l'avenir tout en fleurs!
Qu'importe que mon nom, au souffle de la gloire,
Vole comme un oiseau vers les champs de l'histoire?
La gloire n'est qu'un mot, un hochet, un éclair
Qui fascine la vue et disparaît dans l'air.
Ce qu'il me faut, à moi, moi dont l'âme est aimante,
C'est l'amour sous les traits d'une femme charmante:
L'amour!... douce oasis dans ce triste désert!
Récompense donnée à quiconque a souffert!

Merveilleux arc-en-ciel qui perce les nuages,
Et semble défier le retour des orages !

Oh ! l'amour, sur la terre, est le seul bien réel !
En nous ouvrant ses bras, la femme ouvre le ciel.....

III.

Beauté chère à mon cœur ! idole de mon âme !
Pourquoi ne pas mêler à ma flamme ta flamme ?
Toujours auprès de toi, dans ces champêtres lieux,
Jamais, jamais mon front ne serait soucieux ;
Mes doigts légers, roulant sur ma harpe sonore,
En tireraient des chants comme ceux de l'aurore,
Des chants où retentit la note de l'espoir,
Qui n'annoncent jamais que le ciel sera noir !
Et mon cœur à ton cœur dirait de douces choses,
Et ma main, sur tes pas, effeuillerait des roses ;
Et mon âme, au lever comme au coucher du jour,
Soupirerait longtemps : — Amour ! amour ! amour !..

IV.

Ainsi pense mon cœur où tout est poésie,
Lorsque tu m'apparais, foulant l'herbe fleurie.
Oh ! que ne prêtes-tu l'oreille à mes accents,
Lorsqu'au nom de l'amour je te fais des serments ;

Lorsqu'au nom de l'amour à genoux sur la pierre ,
Mon âme, comme à Dieu, t'adresse une prière;
Lorsqu'au nom de l'amour, d'un ton plein de douceur,
Je t'appelle, et, pour toi, j'invoque le Seigneur !...
Belle enfant! mon seul bien! mon unique espérance!
Belle enfant! quand, vers toi, ma prière s'élance,
Oh! ne repousse pas cette voix de mon cœur,
Mais viens, viens te jeter dans les bras du bonheur!

Ici, dans le vallon, au sein de la prairie
Où des plus doux oiseaux ruisselle l'harmonie;
Où le murmure seul de l'onde et du zéphir
Et me berce et m'arrache un suave soupir;
Où ne souffle jamais l'importune rafale ;
Mais où passe toujours la brise d'où s'exhale
Un arôme puisé dans ces bois frais et verts,
Habituels témoins de mes tendres concerts;
Loin du bruit des cités, du fracas des tempêtes,
Sous des cieux, sur des bords rêvés par les poètes,
Nous ne connaîtrions plus les chagrins ni les pleurs ,
Et nous serions heureux.... sur des tapis de fleurs!

IN PAUPERES BENEFICENTIA.

IMPROVISATION.

Heureux celui qui peut soulager la misère !
Heureux celui qui dit : — le pauvre, c'est mon frère!
Le Seigneur m'a fait riche, et mon cœur généreux
Se plaît à compatir au sort des malheureux!

Celui qui, dans son cœur, tient un pareil langage,
Mérite qu'on lui rende un éternel hommage;
D'incessantes douleurs il ne doit point souffrir,
Et Dieu, dans son amour, doit toujours le bénir.

Et tandis que la nuit vient obscurcir la ville,
L'air toujours souriant, l'âme toujours tranquille,
On le voit, d'un pas lent, rentrer dans sa maison,
Ayant fait et rêvant quelque bonne action !

On n'a pas oublié cet Empereur de Rome,
Que, pour tant de bienfaits, avec amour on nomme :
Il faut suivre toujours l'exemple de Titus
Qui voulait qu'on plaçât au rang des jours perdus,
Les jours où ne brillait nul acte charitable.

Il est si beau, si doux de se rendre estimable !

Les Adieux.

Tes beaux yeux sur les miens, près de ma lyre écoute :
— Mon cœur est triste, hélas ! lorsque tu vas partir !
Laisse-moi donc jeter une fleur sur ta route,
    Dans ton cœur un doux souvenir !

Par ton âme, longtemps, mon âme caressée,
Fière de tes attraits, remerciait les Cieux ;
L'avenir, nuit et jour, s'offrait à ma pensée,
    Plein de sourires grâcieux !

Aussi, quand tes adieux vont frapper mon oreille,
Ton départ semble un songe, et je n'y croirais pas
Si je ne devais voir, à l'heure où tout sommeille,
    Tes pas s'écarter de mes pas !

Ainsi l'âme se livre à la douce espérance
Qui s'enfuit comme un rêve aux clartés du matin !
Ainsi je me flattais, sans penser à l'absence
    Qui se fera sentir demain !

Reste, au nom de l'amour et de la poésie !
Entends ces doux soupirs, ces accords enchanteurs !
Sans cesse, sur tes pas, ô ma fidèle amie,
    Mes mains effeuilleront des fleurs.

Pardonne cependant à mon tendre délire !
Je n'ai pas un luth d'or, mais j'ai, du moins, un cœur,
Un cœur prêt à répondre à ton cœur qui soupire,
    Un cœur qui t'aime, ô mon bonheur !

Tu me réponds : « Je pars !... » —Et sur l'autre rivage
Où tu vas, mon amour ! si vite revenir,
Ta mère, si le ciel se montre sans nuage,
    Se demande : « Elle a dû partir ! »

Ah ! sois rendue aux bords témoins de ton aurore !
Aux auteurs de tes jours donne un baiser pieux !
Moi, je sens dans mon cœur, que ta perte dévore,
    Couler mes pleurs à tes adieux !...

Une nuit.

Oui, je bénis cette heure :
L'air embaumé m'effleure,
Et les oiseaux charmants,
Modulant leur ramage
Dans le sombre bocage,
Donnent l'âme à mes chants.

Mais, avant tout, j'écoute
Et doucement je goûte
Ce concert prêt à fuir,
Car l'astre du mystère
Apparaît à la terre
Et la nuit va venir.

C'est l'heure où la nature,
L'heure où la créature
Font leurs adieux au jour,
Eternelles louanges,
Echo du chant des anges
Chantant le Dieu d'amour !

Mais soudain, quel silence !
Le cyprès se balance
Seul au gré des zéphirs :
Tout se tait.... et mon âme,
Que ce spectacle enflamme,
Exhale ses soupirs.

Déjà le ciel se voile,
Mais bientôt il s'étoile
De merveilleux falots !
Plus d'une porte est close ;
Et la foule repose,
Repose, les yeux clos.

Ah ! fermez vos paupières !
Je veux voir ces lumières
Si douces à mes yeux !
Oiseaux, pliez votre aile !
Que ma lecture est belle
Quand je lis dans les Cieux !

Ici-bas, dans mon ombre,
De ces astres sans nombre
J'aime à dire le nom.
Mon âme se recueille,
Lorsqu'à peine une feuille
Erre dans le vallon.

Terre, vallée obscure !
Ciel, brillante nature !
Miroir si beau, si pur !...
Vers ce divin rivage
Ne monte aucun nuage
Pour en voiler l'azur.

Aux tableaux de l'espace,
A tout ce qui se passe
Préside l'Eternel :
C'est lui qui, dans mon âme,
Qui l'aime et le proclame,
Verse aujourd'hui le miel.

Mieux qu'aucune parole
Ce spectacle console
Mon cœur, mon pauvre cœur :
Sur ce globe où l'on pleure,
Ah! du moins, à cette heure,
Je renais au bonheur !

Mes cheveux aux zéphire,
Solitaire, j'admire
Les champs du firmament,
Beaux lieux où ma pensée,
Sur ses ailes bercée,
A plané si souvent !

Ah ! si jamais ma lyre
Secondait mon délire
Sous le calme des airs,
Ce que dit la nature,
Ce que mon cœur murmure
Formerait mes concerts !

Fleuve de poésie,
Que de flots d'harmonie
Sous la lune qui luit,
Sous ce beau Ciel de flamme,
Images de mon âme,
Rouleraient dans la nuit !

Quelles notes sacrées,
Aux plaines éthérées,
Volant de ce bas lieu,
Au milieu du silence,
Monteraient en cadence
Pour glorifier Dieu !

Mais qu'importe ma lyre,
Qu'importe mon délire,
Pourvu que le Seigneur,
A défaut du langage,
Lise mon tendre hommage
Ecrit au fond du cœur?

Parfois, comme un dictame,
En versant dans mon âme
Un peu de sa bonté,
Une divine joie
Répandra sur ma voie
Une douce clarté.

Pourtant, l'heure est tardive,
Bientôt, sur cette rive,
Bientôt luira le jour;
Reçois, Dieu que j'adore,
Reçois, Dieu que j'implore,
Mon hymne et mon amour!

Après une prière,
Fermons donc ma paupière....
Et, jusqu'à mon réveil,
Un songe exempt d'alarmes,
Mais plein de douces larmes,
Bercera mon sommeil.

UN MOT DE TOI.

Un mot de toi ravissait mon oreille ,
Un mot de toi réjouissait mon cœur :
Ah ! que l'amour, en secret , te conseille
D'écrire un mot qui fera mon bonheur !

Pourquoi garder un si profond silence
Envers celui qui t'a donné sa foi ?
Pour adoucir les rigueurs de l'absence,
Quand la voix manque, ô plume! un mot de toi!

Combien de fois, voulant te rendre hommage,
Je t'adressai des messages d'amour,
Espérant bien que du lointain rivage
L'écho charmant parlerait à son tour!

Combien de fois j'allai glissant mon âme
Dans ces feuillets semblables au satin ,
Mon âme , hélas ! dont les ailes de flamme
Si doucement se posaient sur ton sein !

Je me disais : — « Éclos sous sa main blanche,
Tendre et beau fruit de son cœur généreux ,
Un mot d'amour me parviendra dimanche....
Un mot d'amour promet un temps heureux.»

Je le disais.... — Déception amère ! —
Les jours , les mois et les ans sont passés ,
Rien n'est venu de la rive étrangère....
Serments d'amour se sont-ils éclipsés !·

Du doux passé tout rempli d'espérance
Aurais-tu donc perdu le souvenir ?
Moi seul, ô ciel! en ai-je souvenance?
De mon amour voudrais-tu me punir?

Quand nous foulions la pelouse fleurie,
Lorsque ton bras s'enlaçait à mon bras,
Dis-moi, dis-moi, détestais-tu la vie?
De ces beaux jours ne te souviens-tu pas?

Qui, près de toi, s'asseyait sur la mousse?
A tes soupirs, partis du fond du cœur,
Qui répondait de sa voix la plus douce?...
Pense à ce temps et rends-moi le bonheur!

Ah! si ces jours rayonnants d'allégresse
Du noir tombeau pouvaient, du moins, sortir!
Si je sentais renaître ta tendresse
Dans un seul mot porté par le zéphir!...

En attendant, ô mon bonheur suprême !
D'être à tes pieds , adorateur charmé,
Je me dirais : — « De la beauté que j'aime ,
Présent, absent, je suis toujours aimé ! »

LES TRIBULATIONS DU POÈTE.

ODE.

Eh quoi ! l'histoire du poète
Est une histoire de douleurs !
Sa vie, au lieu d'être une fête,
Doit donc se passer dans les pleurs !
Tandis qu'un barde se révèle,
La foule, ignorante et cruelle,
Après mille et mille rumeurs,
Parle et dit : — « Qu'est-ce qu'une lyre ?
C'est l'instrument d'un vain délire
Chantant sous les doigs des rêveurs. »

Gronde, pitoyable vulgaire !
Qu'importe ? sois capricieux ;
Gronde, quand tu devrais te taire :
Le barde est là tout radieux !
Vous dont l'arme est la calomnie,
Lâches détracteurs du génie,
Censeurs d'arrogance bouffis,
Distillez sans peur votre rage,
Grondez !... — L'homme puissant et sage
Ne fait qu'un geste de mépris.

Homère, le divin Homère,
Riche de gloire et de malheurs,
Obtient du pain dans sa misère
Avec ses chansons et ses pleurs !
Suivant une pensée impie,
Du vulgaire la jalousie
Veut trancher le fil de ses jours,
Afin d'étouffer sous la terre,
Dans la sombre nuit du mystère,
Ces chants qui vibreront toujours !

Celui que toujours le cœur loue,
Le chantre aimé d'Amaryllis,
Le cygne brillant de Mantoue
Se voit chassé de son pays.
Il sent une immortelle peine
Lorsque son modeste domaine
Passe aux mains d'effrontés voleurs
Qui, frappant le barde et sa lyre,
D'un air triomphant osent dire :
« A nous ces fruits ! à nous ces fleurs ! »

L'oppression et l'injustice
Blâmant ses vers et ses amours,
Du Tasse ordonnent le supplice
Funeste à ses glorieux jours !
Pour son cœur, — cruelle souffrance ! —
Aucune lueur d'espérance

Dans les fers ne scintille, hélas!
Que dis-je? Un espoir le console....
Pourtant l'heure du Capitole
Sera l'heure de son trépas !

Milton, privé de la lumière,
Doutant de ses chants immortels,
Ignore, à son heure dernière,
Qu'on va lui dresser des autels.
Byron, chantre mélancolique,
Dépose la harpe magique
Pour laquelle il est insulté
Et vole, vaillant capitaine,
Mourir sur les rives d'Athène
Tout en sauvant la liberté !

L'auteur de Phèdre et d'Athalie,
D'affreux serpents est entouré,
Et Pradon.... — ô honte ! ô folie ! —
A lui Pradon est préféré.
Quoique sa lyre soit divine,
Le tendre, l'immortel Racine
Croit que le silence est sa loi,
Et puis, son cœur, qui veut qu'on l'aime,
N'attend que le moment suprême
Dès qu'il perd l'amitié du roi !

Chénier, en des temps homicides,
Chénier, génie étincelant,
Voit tout-à-coup ses jours rapides
Rouler sur l'échafaud sanglant.
Il déplore non sa souffrance,
Mais le deuil qui voile la France,
Et prêt à subir un affront,
Il présente aux bourreaux sa tête,
Sa noble tête de poète
Où brillait quelque chose au front !

Ah ! combien un présent céleste
Coûte de maux aux nobles cœurs !
La gloire est un terrain funeste
Où les ronces couvrent les fleurs.
Qui peindra jamais l'insomnie
Toujours assiégeant le génie
Qui, toujours, la repousse en vain,
Comme le Christ, près du supplice,
Repoussait en vain le calice
Toujours présent devant sa main !

Qui du barde sait la souffrance,
Lorsqu'il implore en vain l'amour,
Quand il voit la douce espérance
S'enfuir avant la fin du jour,
Semblable au brillant météore
Qui paraît dans l'azur et dore

Un point de l'immense horizon,
Mais que fixe en vain notre vue,
Car dans la céleste étendue
Se perd soudain son beau sillon !

Et vous, pareils à des vipères,
Avec vos dards pleins de venin,
Quoi ! vous désertez vos repaires
Pour mordre notre propre sein !
Hélas ! il est des corps sans âmes !
Jusqu'à la fin soyez infâmes !
La fosse s'ouvre et vous attend,
Puis l'oubli, ce ver des ténèbres,
Et même dans vos nuits funèbres,
Peut-être un éternel tourment !

Générations détestables !
Cruels profanes ! vils jaloux !
Vous jouez le jeu des coupables....
Ah ! silence ! humiliez-vous !
Quand vous devriez courber la tête,
Vous jetez l'outrage au poète
Qui prend en pitié les rhéteurs
Et que toute âme enfin console
Avec une douce parole
Qui fait oublier vos rigueurs !

TOI.

Je suis en larmes,
Très abattu ;
Toi qui me charmes,
Reviendras-tu?

Sans toi, je pleure,
Car le bonheur
Jamais n'effleure
Mon triste cœur !

O toi, si tendre,
Que ton retour
Vienne lui rendre
Un peu d'amour !

Ta voix si pure
Ange aux doux yeux !
Est un murmure
Harmonieux.

Chacun t'admire,
Car tes accents
Et ton sourire
Sont si puissants!

Moi qui, sur terre,
M'adresse aux cœurs,
Je te préfère
A bien des fleurs,

Car, ma fidèle,
Je trouve, moi,
Que la plus belle
Des fleurs, c'est toi !

MON RÊVE.

Jeune fille, toi que j'adore,
Mais que l'absence, hélas ! dérobe à mes regards ,
Je jette en vain les yeux de toutes parts :
Je ne puis d'un beau jour voir paraître l'aurore !

Les souvenirs de mon passé charmant
Allègent seuls le poids de ma détresse ;
Mais où trouver ici ce cœur plein de tendresse
Et ces heures d'amour où nous nous aimions tant ?

Ces yeux où rayonnaient des flammes
Dont le feu vif et doux pénétrait dans mon cœur,
Est-ce la vérité ? N'est-ce pas une erreur ?...
N'est-ce pas une erreur qu'un jour nous nous aimâmes ?..

Ah ! ce beau temps date de plus d'un jour !
Entre nous deux règne tant de distance !
De ton pays l'aile de l'espérance
Viendra-t-elle à mon cœur rapporter ton amour ?

En douter cependant serait te faire injure:
Tes promesses , jadis, m'ont prédit le bonheur !
Mon cœur, plus d'une fois, a battu sur ton cœur
Dont les tendres soupirs jetaient un doux murmure.

Écoute !... — Pour jouir de la félicité
Dans ce monde importun, odieux, plein d'envie,
Où serpente toujours la sombre calomnie,
Vois ce qu'il me faudrait, ô ma chère beauté !

Il me faudrait, d'abord, tes charmes adorables,
Sans quoi toujours ma vie est un cruel fardeau !
Filés de soie et d'or, doux comme un doux flambeau,
Ah ! que nos jours, alors, couleraient agréables !

Si nous pouvions, ensuite, avoir une villa
Comme celles qu'on voit près du lac de Genève,
Quel séjour de plaisance, aimable fille d'Ève !
Puis, voudrais-je autre chose ?... Oh ! non, rien que cela.

Derrière le château (que veux-tu ? c'est mon rêve,
C'est un rêve doré !), derrière le château
        Se trouverait un parc bien beau...
Quel séjour de plaisance, aimable fille d'Ève !

        Là, le bonheur serait sans trève :
Jamais nos yeux sereins ne rouleraient un pleur !
Nous irions, tous les deux, sur la pelouse en fleur...
Quel séjour de plaisance, aimable fille d'Ève !

Nous irions, tous les deux, sous de touffus rameaux,
Respirer la fraîcheur de ce charmant bocage ;
        Je chanterais, grâce à toi, sous l'ombrage,
        Des vers toujours tendres et beaux !

Oui, dans mon amoureuse ivresse,
Oui, sur ces bords chéris je trouverais des chants
     Toujours aimables et touchants,
     Toujours dignes de ma tendresse.

     Tel, à Tibur, délicieux séjour,
Horace, doucement, laissait couler sa vie
     Et consacrait toute sa poésie
A des chants grâcieux inspirés par l'amour !

Dans notre frais vallon, sous le feuillage sombre,
     Que de soupirs tendres et caressants !
Comme l'amour rendrait tes beaux yeux séduisants !
     Nous serions heureux à notre ombre.

Si quelque mendiant, pour l'hospitalité,
     Se présentait un beau jour à la grille,
Nous le regarderions comme de la famille,
En lui disant : « Mangez, buvez en liberté ! »

     Car, dans la modeste opulence,
     Notre cœur serait enchanté
     De faire rejaillir notre félicité
     Au sein de la morne indigence !

Nous ne nous plaindrions pas du temps, de sa longueur,
Dans la chère oasis, ô toi, ma bien-aimée !
Qu'importerait le temps à notre âme charmée ?
Dans les bras de l'amour trouve-t-on la douleur ?

3

Des poètes, pourtant, viendraient voir le poète ;
Il te serait permis de faire les honneurs :
Nos accords rouleraient sur des tapis de fleurs
    Dans cette poétique fête.

Mais ton excellent cœur suffirait à mon cœur,
    O toi, ma sylphide charmante !
Je n'aurais qu'à jeter les yeux sur mon amante
    Pour savourer le suprême bonheur.

La Prière.

Oui , je goûte le bonheur
Au sein de Dieu qui m'inspire ;
Sur ma bouche est le sourire
Et la paix est dans mon cœur.

Aucun nuage ne voile
Mon front que rafraîchit l'air,
Mon œil luit comme un éclair
Ou brille comme une étoile.

Du jour je trompe le poids ,
Je ne compte plus chaque heure,
Et souvent, dans ma demeure,
Chante ma joyeuse voix !

Mon œil rayonnant sans cesse,
Mon front toujours radieux
Frappent, étonnent les yeux
Des amis de ma jeunesse.

Ils me demandent : « Eh quoi !
Cher ami, dans ta pauvre âme
Qui donc verse le dictame ?
Qu'est-ce donc ? explique-toi ! »

Chers amis, quand la lumière
Brille ou s'éteint à mes yeux,
Tout ce qui me rend joyeux,
Qu'est-ce donc ? C'est la prière.

Elle s'échappe du cœur
Et s'élève grâcieuse,
Touchante et mélodieuse
Vers le divin Créateur.

C'est une douce pensée
Qui vole ainsi jusqu'aux cieux ;
Et puis, dans mon cœur pieux,
Du ciel descend la rosée.

Voilà, voilà le bonheur
Qui me berce, qui m'inspire,
Et qui, toujours sur ma lyre,
Me fait chanter le Seigneur.

A UN HABITANT DE LA CAMPAGNE.

Oh ! réveille-toi , c'est l'heure
Où se réveille un doux bruit.
Allons , sors de ta demeure,
Vois : sur tes champs le jour luit.

Sur ces bords pleins de verdure ,
Le premier chantre des bois
Chante un hymne à la nature
Qui renaît à cette voix.

Cet oiseau , qui fuit le monde
Pour la paix et les zéphirs ,
Au doux murmure de l'onde
Mêle de divins soupirs.

Et tu dors ? tu dors encore
Quand tout chante, quand tout rit ?
Quand la radieuse aurore
Rompt les voiles de la nuit ?

Si j'avais une chaumière
Loin, bien loin, dans un vallon ,
Au lever de la lumière
Je foulerais le gazon.

Oubliant la foule vaine ,
Jamais ne disant : Demain !
J'irais boire à ma fontaine ,
J'irais boire dans ma main.

A l'ombre, dans le silence,
Inspiré par ce beau lieu ,
Je chanterais en cadence
Après avoir prié Dieu!

Là , l'adorable Racine ,
Virgile qu'on lit toujours ,
Chantres à la voix divine ,
Mes poètes , mes amours,

Réjouiraient mon oreille ;
Et , sentant l'ivresse au cœur,
Je dirais : « Le jour s'éveille
Et je m'éveille au bonheur ! »

Toi , de la brillante aurore
Méconnaissant les douceurs ,
Tu ne vas point voir éclore
Tes beaux fruits , tes belles fleurs ;

Et ces charmantes prairies ,
Ces bocages toujours frais ,
Retraites toujours chéries ,
Ne t'inspireront jamais !....

Douce Souvenance.

C'était l'heure où la plaine est sombre et solitaire,
Où la nuit, au sommeil, invite les humains ;
La lune, avec amour, répandait sur la terre
De ses yeux caressants les rayons argentins.

C'était aussi le temps où la tendre nature,
Mère au cœur consolant, s'échappe du tombeau,
Où, dans les verts bosquets, circule un doux murmure,
Où tout nous dit d'aimer, parce que tout est beau !

Rien n'était beau pourtant comme ma bien-aimée ;
Je me plaçai près d'elle, avec un air rêveur,
Et, longtemps, elle et moi, sur la rive embaumée,
Nous restâmes muets... mais muets de bonheur !

Aucun bruit importun ne roulait dans la plaine ;
Nous jouissions en paix sur ces bords enchanteurs ;
Et l'aile du zéphir, versant sa fraîche haleine,
Semblait un éventail qu'ont parfumé les fleurs.

Ainsi, dans le bocage, à l'heure du silence,
Pensifs, nous écoutions battre nos cœurs aimants...
La nuit, sous un beau ciel, ah ! comme la présence
D'une âme affectueuse apaise nos tourments !

Bientôt, le cœur rempli d'une amoureuse ivresse,
A côté de mon ange, à cette heure, en ce lieu,
Je fis entendre un chant doux comme une carésse...
Je n'avais pour témoins que ma compagne et Dieu!

« Vois : le bocage a repris sa verdure,
Il s'est paré comme pour nous fêter ;
Mon cœur renaît ainsi que la nature
Et, sous mes doigts, ma lyre veut chanter.

Chantons l'amour, chantons sa douce ivresse,
Bénissons Dieu pour que, de son séjour,
Sur nous il jette un regard de tendresse
En bénissant la coupe de l'amour !

A nous aimer, enfant, tout nous convie,
Nos tendres cœurs et les fleurs sur nos pas.
Ah! sans l'amour, que serait cette vie,
Qu'un dur tourment, qu'un cruel embarras!

Longtemps, sans toi, que j'ai versé de larmes !
Quoi! nul écho lorsqu'un tendre cœur bat !
Tel, un guerrier, au milieu de ses armes,
Appelle en vain l'aurore d'un combat.

Triste et pensif, j'errais sur cette terre....
Jeune, et des ans trouvant lourd le fardeau,
Pleurant toujours, — quelle douleur amère! —
J'allais frapper aux portes du tombeau...

Tu me tendis une main secourable ,
O belle enfant! ange venu du Ciel!
Séchant mes pleurs sous ton sourire affable ,
Auprès de toi , je louai l'Éternel.

Nous voilà donc sous l'astre du mystère ;
Nous savourons le calme de la nuit :
Ah! quel bonheur! il n'en est plus sur terre...
D'autres , en vain , le cherchent dans le bruit.

Au barde il faut la pitié de la femme ,
Il faut un cœur qui réponde à son cœur :
Quand , de ses yeux , s'élance un trait de flamme ,
C'est un désir éclos dans son malheur !

Puise l'amour dans le cœur du poète ,
Et , pour qu'un jour son nom soit glorieux ,
Pour que son luth entonne un chant de fête ,
Fais-lui , parfois , l'aumône avec tes yeux!... »

Ma belle , à ces accents , répondit : « Oh! je t'aime!
Dans la félicité nous coulerons nos jours... »
Ma voix ne put parler , mais je dis en moi-même :
        « Mon Dieu , que ce soit pour toujours! »

La nuit régnait , le vent balançait la feuillée ;
Nous quittâmes ce lieu , mais non pas sans retour,
        Car la plus étroite vallée
        Est un nid charmant pour l'amour.

LE DÉPART.

Pourquoi quitter ces bords où tu semais la joie ?
        Pourquoi faut-il qu'on ne te voie ?...
Ainsi le sort jaloux me ravit le bonheur ;
Ainsi, quand me berçait la trompeuse espérance,
        Tu fuis..... et ton absence
        Jette la tristesse en mon cœur.

O sort capricieux ! ô fortune ennemie !
        Comment, dans cette vie,
        Comment se fier au destin ?
La rose est éclatante aux rayons du matin,
        C'est une merveilleuse chose,
Mais après peu d'instants, la rose n'est plus rose...
J'ai vu passer ainsi notre bonheur divin !

        Ah ! si ton pays, jeune fille,
Veut posséder encore un trésor de beauté,
        Songe, songe dans ta bonté
        Que nul astre, en mon ciel, ne brille !

        Hélas ! je l'attends de ton cœur !
Pour le mien maintenant que l'absence dévore,
        Il sera doux, dans son malheur,
        De penser : — Elle m'aime encore !...

UNE PERTE.

ÉLÉGIE.

Le sort est hostile au poëte,
Ses jours sont marqués par le deuil !
En pleurant, j'incline ma tête
Quand je vois passer un cercueil.
En vain, assis dans la prairie,
Je sens en moi la poésie
Qui renaît avec l'air des champs ;
En vain, au retour de l'aurore,
Pour moi le bonheur semble éclore...
Triste est mon cœur, tristes mes chants !

Non, non : l'aspect de ce rivage
Pour moi n'a plus rien d'enchanteur !
Aux sourds roulements d'un orage
S'est envolé tout mon bonheur.
Hélas ! ma sylphide charmante,
Pareille à cette fleur brillante
Dont l'existence dure un jour,
A fait, me laissant solitaire,
Ses derniers adieux à la terre,
Ses derniers adieux à l'amour !

« Ma mère ! viens, viens, — disait-elle, —
Auprès de mon lit de douleurs ;
Porte ma robe la plus belle ,
Ma belle guirlande de fleurs !
Bientôt finira mon supplice ;
Bientôt j'aurai bu ce calice ,
Source impure d'amers dégoûts ,
Et , dans leurs campagnes chéries,
J'irai voir mes tendres amies
Dont l'accueil est toujours si doux ! »

Sa mère , à ce touchant langage ,
Retenait jusqu'au moindre pleur !
Elle espérait…. — mais un orage
De sa fille glace le cœur.
Du Ciel s'obscurcit l'étendue,
La foudre gronde dans la nue,
Les éclairs font place aux éclairs….
— « Ma mère !… l'orage me tue…
Ma mère !… adieu !… je suis perdue… »
Et son âme fuit dans les airs.

Alors , les plus amères larmes
Baignèrent son beau corps, hélas !
Et, se mêlant aux cris d'alarmes ,
La cloche répandit le glas.
Le tonnerre grondait encore….
Et cette voix triste et sonore

Toujours augmentait les sanglots ;
Alors, alors sa pauvre mère
Eût voulu, dans la même bière,
Partir pour le funèbre enclos !

Coupe traîtresse de la vie !
Heure implacable de la mort !
Combien de cette douce amie
Mon cœur a déploré le sort !
Lorsque je la croyais heureuse,
Lorsque je l'attendais joyeuse,
Fixant sur moi son œil si beau,
Mon cœur apprend, plein de tristesse,
Que de l'objet de sa tendresse
Il ne reste, hélas ! qu'un tombeau !

Par tant de charmes embellie,
Pourrais-je la peindre en mes vers ?
C'était une perle chérie,
Rare et cachée au fond des mers.
Elle était semblable à la rose
Qui déride tout front morose
Par sa grâce, par sa beauté ;
Ou, plutôt, c'était un bel ange
Prêt à fuir ce globe de fange
Pour le ciel qu'il avait quitté !

Comme elle est vite disparue !...
Mon Dieu ! ne dois-je plus la voir !...

Du jour où je l'eus entrevue ,
Mon horizon ne fut plus noir.
A l'heure où l'étoile scintille ,
Quel bonheur , — pauvre jeune fille ! —
Dans nos chansons et dans nos jeux !...
Son image , en moi, retracée ,
La nuit , caresse ma pensée
Quand tout est calme sous les cieux.

Que j'aimais son charmant visage ,
Ses yeux où se miraient mes yeux ,
Et que j'écoutais son langage
Si touchant , si mélodieux !
Sous le charme de sa présence ,
Souvent ma voix faisait silence ,
Car , dans ces instants de bonheur ,
Mon cœur, qui , nuit et jour soupire ,
Se plaisait , en silence , à lire
La tendresse au fond de son cœur !

Ce digne objet de mon hommage ,
Cet ange au souris grâcieux ,
Bientôt, pour un autre rivage ,
S'éclipsait à nos tristes yeux !
Mais, belle et douce créature ,
Ainsi que la tendre nature
Elle renaissait au printemps ;
Alors recommençaient les fêtes ,

Alors nos âmes satisfaites
Ne se plaignaient jamais du temps !

Mais à présent, sur cette rive
Elle ne saurait revenir....
Le plaisir fuit, la peine arrive.
Il faut souffrir ! il faut souffrir !
L'attente du bonheur est vaine.
Ah! pleure, pauvre race humaine !
Pleure !... et pourtant résigne-toi !
Respect aux volontés divines !
Porter la couronne d'épines,
Hélas ! c'est la commune loi !

LE TORRENT DES ANNÉES.

Pourquoi rouler si vite, ô torrent des années !
Pourquoi, lorsque les destinées
Sont belles pour quelqu'un qui vous prie à genoux,
Pourquoi donc fuir avec impatience ?
D'allumer aux cœurs le courroux,
Est-ce toute votre science ?...

IMPROVISATION.

A l'heure où vient le soir,
Quand je rêve dans l'ombre
Sous la colline sombre,
Je rêve sans espoir !

Oh ! dis-moi, toi que j'aime,
Dis, quand reviendras-tu ?
Sans toi, triste, abattu,
Ma douleur est extrême !

Oh ! souviens-toi de moi !
Tu sais de quelle flamme
Déjà vieille en mon âme
Je dois brûler pour toi !

Mais que fais-je moi-même ?
Faut-il, dans ma douleur,
Rappeler à ton cœur
De me dire : Je t'aime !...

Oh ! non, ma chère ! non :
Mon unique espérance,
A travers la distance
Tu murmures mon nom.

De nous revoir c'est l'heure,
Accours vers ton amant,
Pour qu'un baiser charmant,
Un doux baiser t'effleure !...

Improvisation à une jeune fille.

Pourquoi vous trouver si rêveuse ?
Ne découvrez-vous rien qui puisse vous charmer ?
Pour être heureuse,
Il faut aimer !

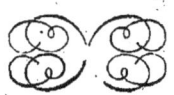

Souvenir des temps heureux.

A votre souvenir mon cœur palpite encore ,
    Moments si doux ,
Où je vis accourir la beauté que j'adore
    Au rendez-vous !
Dans mes bras caressants ouverts par l'allégresse ,
    Elle vola ;
Sur sa joue un baiser, gage de ma tendresse ,
    Seul lui parla.
Mon cœur battait bien fort à l'aspect de ses charmes ,
    Ma bouche en vain
Essayait de s'ouvrir.... et mes yeux pleins de larmes
    Perlaient son sein.
Ensemble s'élevant , nos voix firent entendre
    Galant propos :
Chacun des deux amants cherchait dans son cœur tendre
    Les plus doux mots.
Nous parlions du passé , de l'amour , de l'absence ,
    De l'avenir ;
Puis, on eut entendu , dans un profond silence ,
    Plus d'un soupir !
Mais le temps s'envolait avec ma douce ivresse ,
    Hélas ! hélas !
Et je la laissai seule en proie à la tristesse,
    Pleurant tout bas !

4

Alors,- oh! pauvre amant! - que de maux, qu'on ignore,
      Je dévorai !
Mais, malgré le destin, vers celle que j'adore,
      Je reviendrai.
J'en jure par le ciel, par tout ce qui respire,
      J'irai revoir
L'objet de mon amour, l'objet de mon délire
      Mon seul espoir !
Celle qui prête un charme aux accords de ma lyre,
      Qui nuit et jour,
Dans des songes divins m'apparaît et m'inspire
      Des chants d'amour !
J'irai revoir ses yeux que la tendresse enflamme,
      Ces deux beaux yeux
Dont l'éclat, tout-à-coup, alluma dans mon âme
      De tendres feux !
J'irai, j'irai revoir cette bouche vermeille,
      Chère aux amours,
Qu'ouvre un charmant sourire, et qui dit à l'oreille :
      « Aimons toujours ! »
Je presserai ce cœur, bondissant d'espérance,
      Contre mon cœur,
Et, joyeux, je dirai : — « Retire-toi souffrance !
      Place au bonheur ! »

LA VOIX DU CŒUR.

I.

O mon idole !
O mon bonheur !
Charme, console
Un pauvre cœur !

Jamais sévère,
Ris, ris toujours ;
Débite, ô chère !
Galants discours.

Pour que j'admire
Ton œil brillant,
Livre au zéphire
Ton voile blanc !

Ton œil que j'aime,
Ton bel œil bleu
Jette en moi-même
Un tendre feu.

II.

Quand de la foule
Cesse le bruit,
Qu'elle s'écoule
Quand vient la nuit,

J'irai, ma lyre
Sous le manteau,
Chanter et rire
Dans ton château,

Rendant hommage
A mes amours,
Suivant l'usage,
Des troubadours,

Charmants poètes,
Au cœur aimant,
Qui dans les fêtes
Allaient chantant.

III.

A toi, ma belle !
Mes jours, mes nuits,
Mon luth fidèle,
Vers, fleurs et fruits;

A toi mes roses
Dans leur fraîcheur,
Les douces choses
Que dit mon cœur,

Odes, ballades,
Sonnets, chansons
Et sérénades
Sous tes balcons ;

Car je t'adore,
Ange d'amour !
Quand viens l'aurore,
Quand fuit le jour.

IMPRESSION.

Plus d'une heure a sonné depuis l'heure joyeuse
Où , semant parmi nous espérance et bonheur,
Elle chantait, un soir; sa chanson gracieuse. . . .
Et pourtant cette voix tendre et mélodieuse
        Vibre encore au fond de mon cœur!...

A UN ENFANT.

Enfant! dans cette allée obscure ,
Sous ces arbres touffus et vieux ,
Prions le roi de la nature,
Prions celui qui règne aux Cieux.

Enfant! suis mes pas, fuis le monde;
Oh ! respire un air pur et frais !
Viens avec moi voir couler l'onde,
Viens avec moi goûter la paix.

Moi-même, quand j'avais ton âge ,
Je me plaisais, loin de nos toits ,
A jouir souvent du ramage
Des oiseaux cachés dans les bois.

Je mêlais ma voix au cantique
Que chantaient les chantres des airs,
Et cette pieuse musique
Était le plus beau des concerts.

Ainsi, quand tout, dans la nature,
Chante le divin créateur,
Pour la joindre au sacré murmure,
On cherche une note en son cœur.

Et voilà comment la lumière
M'éclaira, me transmit son feu ;
Et voilà comment la prière
En moi-même cria : — « Mon Dieu !... » —

Le cœur bercé par l'allégresse,
Sois sage, bénis le seigneur !
La couronne de la sagesse
Est la couronne du bonheur.

A UNE PERSONNE AIMÉE.

Revenez avec moi , revenez, mon amie!
Revenez vous asseoir sur ces bancs de gazon ;
   Que votre voix tendre et chérie
De votre bien-aimé répète ici le nom !

En vain le rossignol gémit dans ce feuillage ,
En vain mille oiselets chantent sur ces rameaux :
   O ma belle ! votre langage
Est plus doux pour mon cœur que le chant des oiseaux.

Sur ma vie , ô beauté ! s'étend un sombre voile.
Je suit triste , et je suis à l'âge des amours ;
   Mais quand je vous vois, douce étoile !
Le bonheur, dans mes yeux , peut se lire toujours.

Pourquoi demeurez-vous seule , dans votre asile?
A mon cœur attristé venez rendre l'espoir !
   L'amour se plaît loin de la ville...
Revenez, revenez, oh ! revenez me voir !

Revenez, avec moi, revenez , mon amie !
Revenez vous asseoir sur ces bancs de gazon ;
   Que votre voix tendre et chérie
De votre bien-aimé répète ici le nom !

A Monsieur Constant DOMBRE.

Tu chantes ; et ta verve alerte, intarissable,
D'un air grave ou badin, offre à tous une fable
Que couronne toujours une haute leçon.
Tu fais toujours la guerre au fat, au polisson,
    A l'hypocrite, à l'être infâme ;
Mais aussi, la vertu, source du vrai bonheur,
La gloire, la justice et l'amour du Seigneur
T'inspirent des accents qui ravissent mon âme.

Sur terre il faut parler le langage du Ciel,
Il faut, dans ses vertus, fortifier le sage.
Les méchants et les bons sont toujours à l'ouvrage...
Jette l'absinthe aux uns, verse aux autres le miel !

    Oui, j'admire ta poésie ;
Oui, tes chants sont toujours nobles et grâcieux :
A toi, des cœurs bien nés la tendre sympathie,
Les bénédictions qui descendent des cieux !
    Bien douce doit couler ta vie.

Au triomphe du bien consacre tout ton cœur !

Daigne accepter aussi mon poétique hommage :

Puisse-t-il, pour ton âme, et si belle, et si sage,

Ressembler au parfum d'une humble et douce fleur !

En toi, de notre Lafontaine,

Je salue un des héritiers :

Sois fier! crois-moi, sois fier!... car, dans ce vieux domaine,

Il reste pour toi des lauriers....

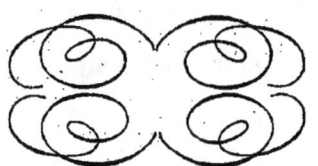

AMOUR.

Oh ! laisse-moi chercher le bonheur dans ton âme !
    Laisse-moi lire dans tes yeux
Pour que je puisse voir si leur céleste flamme
    M'annonce un avenir joyeux !

Mon cœur, à ton aspect, retrouve l'espérance ;
Je ne saurais alors songer à mes malheurs ;
Car, ainsi qu'une fée, au sein de ma souffrance
    Tu fais toujours pleuvoir des fleurs !

Sur mon rude chemin le Seigneur t'a placée,
Pour bannir mes ennuis, pour embellir mes jours,
    Et pour qu'une douce pensée
Comme un souffle embaumé me caresse toujours.

Jeté sur une mer qu'assiègent les tempêtes,
Je craignais un naufrage et je suis près du port :
Mes jours ne seront plus marqués que par des fêtes,
    Un ange veille sur mon sort !

O toi du haut des cieux venue,
Quand tu voles vers moi, sois bénie à jamais!
Quel regard enchanteur et quelle âme ingénue!
Que de grâce et d'éclat sur chacun de tes traits!

Quand ta bouche s'entr'ouvre avec un doux sourire,
Lorsque ton sein palpite et jette un cri joyeux,
      Mon cœur en silence t'admire
Et des larmes d'amour s'échappent de mes yeux!...

Si, pourtant, digne objet de toute ma tendresse!
Un jour tu dédaignais et mon cœur et ma foi,
      Alors, en proie à la détresse,
      Je dirais : Oh! malheur à moi!

Non, je ne croirais plus au bonheur sur la terre,
Car, sans retour, hélas! il m'aurait dit adieu!
Que faire alors? soupirer ou me taire?
Sans un rayon d'espoir, que faire en ce bas lieu?

Et, semblable à la fleur par les autans flétrie,
   Ma vie, hélas! n'offrirait que le deuil,
      Car toujours sombre est une vie,
Lorsque les jours heureux en ont franchi le seuil!

Objet de mon bonheur ! permets qu'en toi j'espère :
Souvent mon âme est triste et mon front soucieux.
Quoi ! ne serais-tu pas l'ange que sur la terre
L'éternel, pour mon cœur, fit descendre des cieux?...

Ah ! montre, montre-moi tes beaux yeux que j'admire!
Parle-moi, souris-moi, charme-moi nuit et jour !
Avec moi sois heureuse !... et fais qu'à mon martyre
Succèdent les douceurs d'un éternel amour !

LE PASSÉ.

Jadis, par aucun trait mon cœur n'était blessé,
J'étais joyeux, j'avais le bonheur en partage,
Sur de tranquilles flots, sous un ciel sans nuage,
Par une douce main je me sentais bercé.

Mais, hélas ! je croyais, dans mon heureux passé,
Que ma barque pouvait se moquer du naufrage !
Soudain, l'affreuse mer, riant de mon courage,
Engloutit mon trésor.... et tout s'est éclipsé.

A M. A. DE LAMARTINE.

ODE.

I.

Je pensais nuit et jour : Célébrons le poète
Dont le portrait si beau décore ma retraite,
Dont les vers, jusqu'aux cieux, volent me transporter!
Mais j'essayais en vain à cause de mon âge,
Pareil au jeune oiseau sans force et sans courage
    Et sans organe pour chanter.

Aujourd'hui que le temps a mûri ma pensée,
Par tes hymnes d'amour mon âme caressée
Soudain entonne un chant qui courra jusqu'à toi,
Jusqu'à toi dont le front est couronné de gloire,
Jusqu'à toi dont le nom brillera dans l'histoire
    Avec ton génie et ta foi!

Jamais, depuis les vers du chantre d'Athalie
Qu'on aime, qu'on bénit, qu'ici-bas nul n'oublie,
Qui font naître toujours de saints ravissements,
Jamais accents partis d'une lyre d'ivoire,
Pour attendrir le cœur, pour orner la mémoire,
    N'ont valu tes divins accents!

Tes concerts sont l'écho des pures symphonies
Qui vibrent sous les doigts des célestes génies.
Du luth des séraphins ton luth a la douceur.
Tandis que, vers le Ciel, s'élèvent tes louanges,
On dirait tout-à-coup que la harpe des anges
       Dans les airs chante le Seigneur.

II.

Au milieu des combats que nous livre la vie,
Dieu, pour nous soutenir, créa la poésie
Qui se lit sur des fronts marqués d'un sceau vainqueur.
On aime à parcourir la poétique voie.
Nos yeux s'assombrissaient et rayonnent de joie ;
       Le chant raffermit notre cœur.

Aussi, durant les jours voilés par la tristesse,
Au bruit de nos accords nous berçons la détresse.
Lorsque Graziella s'écria : Je me meurs !
Quand ta mère expira, lorsque partit Elvire,
Et quand de Julia s'enfuit le doux sourire,
       Tes vers calmèrent tes douleurs.

Un nuage toujours couvre la vie humaine.
Plaignons, plaignons celui que le malheur enchaîne
Et qui ne peut du sort braver la dure loi !
Dans mon ciel ténébreux quand roulent les tempêtes,
Je crois sentir le cœur des plus divins poètes
       Avec amour bondir en moi !

Les applaudissements que l'uuivers t'adresse
Dans ton âme toujours ramènent l'allégresse.
Chaque bouche redit tes chants harmonieux.
Sur cette triste mer qui voit plus d'un naufrage,
Ta harpe, avec fierté, voguera d'âge en âge
      Malgré les flots capricieux!

III.

Quelquefois, las du bruit et de l'ingratitude,
Tu voles vers Saint-Point, ta douce solitude,
Emportant, sur ton char, les lauriers les plus beaux!
Comme Virgile, assis sur la rive fleurie,
Tu regardes, au loin, errer dans la prairie
      Les bergers avec leurs troupeaux.

Tu contemples au Ciel et l'astre qui décline
Et l'astre qui paraît au bout de la colline,
Etoile de l'amour, l'une d'or ou d'argent;
Tu bénis l'Eternel, et tu dis : O nature!
Et de la fraîche brise écoutant le murmure,
      Pensif, tu marches lentement.

L'air est plein de parfums, la soirée est charmante :
Tu vois plus d'un amant sourire à son amante,
Couples, dans le bocage, amenés par l'amour!
Tu perds le souvenir des tracas politiques,
Heureux d'être témoin de ces fêtes rustiques
      Couronnant la fin d'un beau jour!

Dans le calme des bois qu'une âme tendre adore,
Devant tous ces tableaux, poète ! chante encore,
Raconte-nous toujours l'histoire de ton cœur!
Toi-même tu l'as dit, oui, la France s'ennuie !...
Sur ton luth, Lamartine ! éveille l'harmonie,
      Eveille, éveille le bonheur!

             18 mars 1856.

O poète ! tu vois fuir ton antique aisance,
Tu crains même de voir s'envoler tous tes biens;
Mais ta grande âme ici trouvera des soutiens,
Car, comme tu l'as dit, il est des cœurs en France !

            6 avril 1862.

LES BOIS.

Oh ! comme l'air est doux dans cette solitude !
Mon âme fatiguée aime tant les forêts !
Ici règne le calme ; ailleurs le temps est rude...
Couvrez-moi de votre ombre, ô bien-aimés cyprès !

Partisan de la paix, de l'onde et du feuillage,
Comme j'aime à m'asseoir sous ces ombrages frais !
Qu'il est doux de rêver sous un Ciel sans nuage !
Qu'il est doux de rêver à l'ombre des cyprès !

Dans ce lieu solitaire entouré de verdure,
Pour m'adresser à Dieu je viens souvent exprès,
Je me recueille alors, et ma voix tendre et pure
Exhale une prière..... au pied de ces cyprès !

5

ODE.

Toutes les voix de la nature
Répètent qu'il existe un Dieu !
L'oiseau, désertant la verdure,
Le célèbre dans le Ciel bleu.
Se joignant à la voix humaine,
Dans sa caverne souterraine,
Le noir, le ténébreux grillon,
Avec un cri toujours fidèle,
Chante la splendeur éternelle,
Le roi de la Sainte Sion !

Le dôme qui couvre nos têtes,
Les astres qui brillent là-haut,
Les éclairs avec les tempêtes,
Le flot entrechoquant le flot,
La mer à la vague sonore,
L'homme, surtout, plus digne encore,
Les abeilles avec leur miel,
La fleur des bois, la mousse agreste,
Tout, jusqu'au grain de sable, atteste
Qu'un Dieu réside dans le Ciel !

Que les peuples, dans leur baptême,
Le nomment Jupiter, Memnon,
C'est toùjours un être suprême
Qu'ils reconnaissent sous ce nom.

Appelé hasard, destinée,
Au front dés Cieux l'âme étonnée
Ne peut nier l'auteur du jour,
Comme le cœur sensible et tendre
Devant la beauté sait comprendre
Qu'il contient un foyer d'amour !

Dieu trône au milieu des nuages
Sous un baldaquin de saphirs,
Son œil, sur ces tristes rivages,
Nous voit avec nos vains soupirs !
Le temps progresse, tout s'éclaire ;
De la croyance tutélaire
Le flambeau rayonne en tout lieu ;
Et notre valeureuse armée,
Pour soutenir sa renommée,
Invoque le saint nom de Dieu !

Philosophe, savant, poëte,
Tout homme doué d'un grand cœur
Vers le Ciel élève sa tête
Pour rendre hommage au Créateur.
Son signe partout étincelle ;
La prière se renouvelle
Dans l'univers, à tout moment ;
Et, sans sa puissance admirable,
Nos palais, bâtis sur le sable,
S'écrouleraient au moindre vent !

Eh bien ! que ma lyre bénie,
Ma lyre, aux célestes accents,
Offre sa plus douce harmonie
Au Dieu digne de mon encens !
Chante, chante, lyre muette !
Qu'en son honneur des chants de fête
Triomphent des temps à venir,
Semblables aux concerts des anges
Ou pareils aux tendres louanges
Qui, jusqu'aux Cieux, vont retentir !

Mais pourquoi le morne silence
Répond-il seul à tant de foi ?
Parce que mon intelligence
M'arrête et murmure : « Tais-toi ! » —
Aux yeux du roi de la nature,
Quelle main est-elle assez pure
Pour parcourir le luth divin ?
Devant toi, céleste origine !
Silencieux, l'homme s'incline,
Car il n'est pas un séraphin !

Mon Dieu ! jeté sur cette terre,
Chaque homme subit l'aiguillon
Du monstre, qu'on nomme misère,
Qui nous prend dans son tourbillon.
Quoique la fortune inconstante,
Parfois, sous sa roue éclatante,

Sur certains verse ses faveurs,
Ces rives ne sont pas divines ;
Nous y trouvons tous des épines,
Nous disons tous : « Où sont les fleurs ? »

Sans doute, tant d'obscurs mystères
N'ont point de voiles dans les Cieux ;
Mais, Seigneur ! grâce à nos prières,
Découvre le jour à nos yeux !
Ou plutôt, pauvres créatures !
Imposons silence aux murmures
Qu'engendre la coupe de fiel,
Et, pour attirer dans notre âme
La paix, qu'en vain elle réclame,
Faisons la volonté du Ciel !

Mon Dieu ! dans son pèlerinage,
Que doit-il faire, dis-le moi,
Le seul, le véritable sage ?
Se résigner et croire en toi !
Mais, hélas ! nul, dans cette vie,
Ne peut savourer l'ambroisie
Qui ne pleut pas sur le chemin !
Ecoute, écoute une prière,
Et laisse tomber sur la terre
L'amour débordant de ton sein !

A Madame Delpon,

Sur la perte de Madame Roqueplane, sa fille.

Je ne me tairai pas à l'aspect du cercueil
    Qu'on porte, en pleurs, au cimetière,
Je ne me tairai pas en présence du deuil
    Qui suit tristement cette bière !

Mon cœur saigne toujours, exhalant un soupir,
    Lorsqu'au Ciel rentre une colombe !
Ma lyre est toujours là, toujours prête à frémir,
    Quand s'ouvre si vite une tombe !

O mère que je plains ! ô tendre mère en pleurs !
    O vous que l'infortune accable !
Ici-bas, vous savez, fragiles sont les fleurs.....
    Ici-bas, tout est périssable !

Hélas ! il m'en souvient, des beaux jours d'autrefois,
    Quand, sur le clavecin sonore,
Votre idole chantait... car de sa douce voix
    Le timbre, en mon cœur, vibre encore !

Ces accords, où le bruit des fanfares des Cieux
    Semble, ici-bas, se faire entendre,
Modulés sous ses doigts, roulaient mélodieux...
    Elle avait une âme si tendre !

Quand je venais parfois, quel accueil grâcieux !
    Sa douceur était sans mélange !
Hélas ! pour s'envoler aux palais radieux
    S'ouvrent les ailes de cet ange !

Cet enfant au berceau, doux fruit de tant d'amour,
    Aura les baisers de son père,
Mais c'est du haut des Cieux, où l'ange est de retour,
    Qu'il recevra ceux de sa mère !

Dans le champ funéraire, à l'ombre des cyprès,
    Tandis que sa cendre est portée,
Entendez ce concert de sanglots, de regrets
    Remplissant la ville attristée !

Les pauvres, qu'elle aimait, pleurent ce grand malheur :
    Chacun, essuyant sa paupière ;
Voudra pieusement déposer une fleur
    Sur cette triste et froide pierre !

A vingt ans ! à vingt ans ! à l'âge où l'avenir
    Avec tant d'éclat se décore !
A cette heure où le jour est si loin de finir
    Puisqu'il est si près de l'aurore !...

Serait-ce un rêve éclos avant l'heure de jour ?
    Le beffroi funèbre résonne....
La Mort l'a moissonnée au terrestre séjour,
    Le Seigneur, au Ciel, la couronne.

IMPROVISATION SUR LA MUSIQUE.

Oh ! oui , pour une âme sensible ,
Il est doux d'entendre souvent ,
Quand le cœur bas irrésistible ,
L'air pur d'un suave instrument !
Pour moi , quand l'étoile au Ciel tremble ,
Écoutant de touchantes voix
Qui montent noblement ensemble ,
Je souris et pleure à la fois !...

LE ROSSIGNOL.

A M. Auguste BRENOUS.

Dans le poétique bocage ,
Une belle nuit de printemps ,
Du rossignol , sous le feuillage ,
J'écoutais les tendres accents.

Après le fracas de la foule ,
Qu'on aime à savourer la paix ,
N'entendant qu'une voix qui roule
Concerts , caresses et souhaits !

Une voix qui charme l'oreille ,
Une voix qui touche le cœur,
Et qui fait qu'un barde s'éveille
Tout-à-coup au sein du bonheur !

Préférant cette mélodie
Au plus sublime des discours,
Oiseau tendre! à ta voix chérie,
Je repensais à mes amours.

Que de souvenirs de tendresse
Mêlés de sanglots, de regrets,
M'assaillirent, dans mon ivresse,
Grâce au chantre de nos forêts!

Avec ces notes cadencées
Pleuvant à grands flots dans les bois,
De mon cœur coulaient des pensées,
Mais moins belles que cette voix!

Ainsi je passai plus d'une heure.....
Enfin, quittant les bois déserts,
J'entrai rêveur dans ma demeure,
Entendant toujours ces concerts!

Alors je me dis en moi-même :
— « Ah! que je plains de tout mon cœur
Ceux qui n'aiment pas ce que j'aime,
Nuit, bois, rossignol enchanteur!

A la poétique harmonie,
Hélas! il est des êtres sourds,
Des êtres dont toute la vie
S'écoule sans fleurs, sans amours!

Pendant la saison douce et belle,
Quand de l'âme du cher oiseau
. Un chant mélodieux ruisselle,
Ils passent sans dire : — « C'est beau ! »

A tous ce concert ne peut plaire,
On se hâte de le troubler,
Par amour nul ne veut se taire...
L'oiseau charmant va s'envoler !... » —

Un cœur aimant peut seul comprendre.
Du rossignol les airs touchants ;
Sa voix si suave et si tendre
Imprime le ton à nos chants ;

Car, soit qu'au Ciel il rende hommage,
Soit qu'il chante la volupté,
Du chantre des bois le ramage
Brille par sa sublimité !

Tandis que moi, pauvre poète,
Je rime, hélas ! comme je puis,
L'hymne d'un oiseau sur ma tête
Est digne de ces belles nuits.

Ta voix, doux oiseau que j'adore,
Dans mon cœur soupire toujours...
Ah ! chante encore, encore, encore,
Puisque tu chantes les amours !

TOUT VA S'ÉCROULER.

CHANT POPULAIRE.

Dédié à M. P.-J. de Béranger.

AIR : *T'en souviens-tu?*

Prenons mon luth pour qu'à mes vœux fidèle
Il chante un peuple errant, disant : j'ai faim !
Jurons partout une haine éternelle
A qui se rit d'un esclave sans pain.
Prions qu'il tombe un rayon d'espérance
Au fond des cœurs qu'il faut toujours consoler....
Courage, grands ! toi, peuple, patience !
Encore un jour et tout va s'écrouler.

Quand il a clos sa pénible journée,
Tandis qu'il n'a confiance qu'en Dieu,
Voyez, alors, la face basanée,
Cet indigent près d'un foyer sans feu !
Depuis longtemps il maudit l'existence,
D'impôts, toujours, il se sent accabler....
Courage, grands ! toi, peuple, patience!
Encore un jour et tout va s'écrouler.

Ah! pourquoi donc, sans fatigue et sans compte,
Prodiguez-vous le pain des indigents
A des Pritchards, qui n'en ont point de honte,
A des ventrus, qui ne sont pauvres gens?
Pourquoi le Droit, mis hors de la balance,
Tout sentiment, aux pieds vous voit fouler?...
Courage, grands! toi, peuple, patience!
Encore un jour et tout va s'écrouler.

Or, c'est à vous, Députés qu'on renomme,
A vous épris de noble ambition,
A tout jamais de répandre le baume
Au cœur blessé de notre nation!
Parlez du peuple avec cette éloquence
Dont Mirabeau fit parfois tout trembler....
Courage, grands! toi, peuple, patience!
Encore un jour et tout va s'écrouler.

Et toi, poète, à la voix mâle et fière,
Toi qui défends ton pays adoré,
Toi, peuple aussi, pétri de sa poussière,
Si digne, enfin, de ton mandat sacré,
Dans tes chansons, en réveillant la France,
Dis, si tu sens la terre vaciller :
Peuple français, courage et patience!
Encore un jour et tout doit s'écrouler.

                              9 avril 1847.

FAITES L'AUMONE!

Riches ! dans vos pompeux salons ,
A vos yeux tout rit , tout rayonne....
Riches ! riches! faites l'aumône
Aux pauvres couverts de haillons !

Déjà l'hiver est dans nos plaines ,
Le mendiant gémit , hélas!
Mais le bonheur est sur vos pas
Car de trésors vos mains sont pleines.

Ah ! pour passer vos jours en paix ,
Pour être aimés sur cette terre
Que votre main , sur la misère,
Répande toujours des bienfaits !

Riches ! après des jours de fête ,
Après le bal et le festin ,
Levez , vers le séjour divin ,
Vos yeux à la voix du poète!

Du haut du palais d'or des cieux ,
Un Dieu bénira vos demeures
Et charmera toutes vos heures
Pour une obole aux malheureux!

Vieillards qu'opprime la souffrance ,
Femmes , enfants , jouets du jour ,
Entonneront dans leur amour,
L'hymne de la reconnaissance.

Lorsque tombera de vos doigts
L'aumône au bruit de leurs prières ,
Humides seront leurs paupières
Et suaves seront leurs voix.

Ainsi, soulageant la misère,
Vous aurez des ruisseaux de miel,
Car, toujours, la bonté du ciel
Répond aux bienfaits de la terre.

Riches! dans vos pompeux salons
A vos yeux tout rit, tout rayonne...
Riches! riches! faites l'aumône
Aux pauvres couverts de haillons!

A mon ami Émile RIEUNIER.

Ami, pourquoi ce long silence?
Pourquoi ces plaintes dans mon cœur?
Hélas! les tourments de l'absence
Ont pris la place du bonheur!

Le temps n'est plus où sur ma lyre
Résonnaient des accords joyeux,
Car, de mes lèvres, le sourire
S'envola, lors de nos adieux!

Les jours dorés de notre enfance
Ont fui sans retour et soudain;
Et, séparés par la distance,
Ma main ne serre plus ta main!

Je n'entends plus à mon oreille
Un mot caressant retentir :
Le jour est semblable à la veille....
Infortuné, je dois gémir !

Mais quand , devant moi , je déroule
La tendre histoire du passé ,
Les souvenirs volent en foule
Soulager mon cœur oppressé.

Mon âme se sent réjouie
Au nom de ta douce amitié ,
Et je m'attache à cette vie
Qui, sans toi , me ferait pitié !

Ah! qu'une fraîche brise apporte
Vers tes foyers , intime ami ,
Tous les vœux qu'une amitié forte
Ne forme jamais à demi !

Que le Seigneur donne à ton âme
La paix que je demande en vain,
Et que tous les dons qu'on réclame
Tombent d'eux-mêmes sous ta main !

Car , malgré l'absence cruelle
Qui désunit souvent les cœurs,
Sur l'amitié , qui t'est fidèle,
Ton souvenir jette des fleurs !...

A une jeune Cantatrice.

A tes accents qui roulent en cadence,
Du fond des cœurs un doux soupir surgit.
Ah! si j'osais, lorsque ton chant finit,
Je te dirais : — Mon ange ! recommence.

STANCES.

Pour célébrer ton nom, divine Providence !
Mon vers veut s'élever, mais il tombe aussitôt ;
Le front dans mes deux mains, au milieu du silence,
Je te prie, ô mon Dieu ! de m'inspirer un mot.

Comme un enfant charmé, quand je te vois sourire,
Alors pour toi, mon Dieu, je trouverais des chants ;
Alors, je chanterais ces jours où tu vins dire :
— Je suis le bon pasteur ! mes brebis ! mes enfants!

Mais quand tout Israël, la face contre terre,
A tes pieds est saisi d'une muette horreur,
Lorsqu'au Sina ta voix est mêlée au tonnerre,
Moi, j'attends vainement le souffle inspirateur.

Le poète, attristé, ne le sent point descendre
De tes cieux obscurcis, privés de lustres d'or ;
Mais mon âme, ici-bas, cherchant à te comprendre,
Implore la pitié, se recueille et s'endort.

UNE LARME.

ROMANCE.

Un soir, j'étais assis au bout de la colline,
La brise soupirait, m'apportant sa fraîcheur,
L'écho dormait sans trouble à cette heure divine,
Et moi je désirais l'objet cher à mon cœur.
    Une voix, un mot de tendresse
    Voudraient-ils encor me charmer?
    Non, plus d'espoir! plus de caresse!
    Nul cœur que le mien puisse aimer!

Comme une fleur, pour moi, le sort la fit éclore.
Rêveur, je me disais : Elle ne viendra pas!
J'ajoutais : Attendons! et je suivais encore
La trace qu'en ces champs imprimèrent ses pas.
    Une voix, etc.

Sur cette pierre même, où tout parle à mon âme,
Se lit son nom gravé par sa main sous mes yeux.
Ici que de serments! que de baisers de flamme....
Objet de mon amour, que n'es-tu dans ces lieux?
    Une voix, etc.

6

Ainsi se lamentait, à l'heure du mystère,
Un pauvre amant fidèle, âme ouverte aux amours,
Celle qu'il appelait avait quitté la terre....
Et lui, dans sa tristesse, il répétait toujours :
    Une voix, un mot de tendresse
    Voudraient-ils encor me charmer ?
    Non, plus d'espoir! plus de caresse !
    Nul cœur que le mien puisse aimer !

QUATRAIN.

    Oui, la poésie enivre ;
    Mais vous, sexe gracieux,
    Vous la cherchez dans mon livre ?
    Je la trouve dans vos yeux !

Loin de tes yeux.

Loin de tes yeux le ciel est noir,
   O belle enfant que j'aime !
Mais mon cœur renaît à l'espoir,
   Merci, bonté suprême !

J'irai dans le charmant vallon
   Qui guérit toute peine,
Où, jadis, j'ai gravé ton nom
   Sur l'écorce d'un chêne.

Le temps a de l'arbre emporté
   Ce doux nom que j'adore !
Mais dans mon cœur il est resté,
   Puisqu'il y règne encore.

Si ce cœur venait à s'ouvrir,
   Hélas ! durant l'absence,
Ton nom n'en voudrait pas sortir,
   Car, vraiment, je le pense !

J'irai me mettre à tes genoux,
   O mon enchanteresse !
Car (ceci soit dit entre nous !)
   Tu connais ma tendresse.

Sans doute le doux souvenir
   D'un passé plein de charmes
A ta mémoire viens s'offrir....
   Il fait couler mes larmes !

Il me semble voir ton jardin
   Garni de paquerettes,
Où ma main tombait dans ta main
   Sur les vertes banquettes.

Il me semble voir ton verger,
  Fruit d'or, grappes vermeilles,
Et (gare, gare du danger!)
  La ruche des abeilles.

Alors, riches de tous les biens,
  A l'ombre d'une allée,
Par les plus galants entretiens
  L'âme était cajolée!

Dans ce poétique séjour,
  Tout daignait nous sourire :
C'était le séjour de l'amour...
  J'en rêve.... et je soupire!

Ah! pourquoi le sombre malheur
  Touche-t-il de son aile
Un barde et l'ange de son cœur,
  Sa colombe fidèle!

Ainsi, dans la prospérité,
  Notre cœur est en fête;
Mais le bonheur nous est ôté....
  Et nous baissons la tête!

Ainsi resplendit un ciel pur,
  On n'y voit nul nuage;
Mais, soudain, le céleste azur
  Est voilé par l'orage.

Absence! absence! dur chagrin
  Qui ronge, qui dévore!
Avoir dans un pays lointain
  La beauté qu'on adore!

Absence !... — mais quoi ! je souris ,
   Car l'espoir me caresse ,
Car j'irai dans ce cher pays
   Retrouver ma déesse.

Je la retrouverai toujours
   Simple dans sa parure ,
A tant d'inutiles atours
   Préférant la nature.

Telle, Vénus , au bon vieux temps
   De la Mythologie ,
A s'envelopper d'ornements
   Ne mit pas son envie.

Bientôt , je reverrai ses yeux
   Que ma présence enflamme ,
Et dont les regards amoureux
   Parlent tant à mon âme !

Je reverrai son front si beau ,
   Digne de la couronne ;
A son doigt je mettrai l'anneau ,
   L'anneau que l'amour donne !

Sur son sein que gonfle un désir,
   Sur son sein qui palpite ,
Ma main , posée avec plaisir,
   Calmera ma petite !

Et quand tout se tait dans les airs ,
   O ma charmante brune !
Nous irons dans les bois déserts ,
   Seuls , au clair de la lune.

A M. J.-A. PEYROTTES.

ODE.

Plus d'un rêve de gloire a roulé dans ma tête.
Enfant, par un beau jour, je me sentis poète.
Je crus voir sur mon front un prodigieux sceau ;
Et, déjà, mes pensers voltigeaient en cadence
Dans ce pauvre âge d'or où tout autre ne pense
      Qu'à courir après un cerceau !

Moi donc, seul et pensif, à l'heure de la brune,
L'œil suspendu là-haut, quand se lève la lune,
J'aimais à contempler ce globe d'or des cieux,
Puis, le voir revêtir une teinte argentine,
      Et, lorsque l'âme est enfantine,
Solitaire et rêveur, je me trouvais heureux.

Parfois, d'adolescents une troupe choisie
Venait, auprès de moi, goûter la poésie :
Le cercle se taisait, ravi de mots si doux !
Tous écoutaient ; mais, vite, une troupe bruyante
D'êtres sans goût, sans cœur, sans tromper notre attente,
      Portait la guerre contre nous.

Ami, car c'est ainsi qu'à l'aspect du génie,
Plus d'un vil ignorant murmure, se récrie !
Et toujours le poète est en proie au dédain !
Oui, quand vibre son luth pour consoler la terre,
  Que voit-il ?... Une lie amère
Par des ingrats versée et qu'il repousse en vain !

Poète aimé ! pourtant, depuis quelques années,
Je suis, sans me tourner, le cours des destinées.
Ma lyre, nuit et jour, retentit dans les airs.
A l'ombre de mes bois que la brise balance,
Liberté, peuple, amour, vertu, gloire, espérance
  Toujours inspirent mes concerts.

C'est là, dans mon jardin au pied de la colline,
Que j'entendis, un soir, de ta maison voisine
S'échapper des accents de joie et de douleur :
Cette voix s'élançant si pure vers la nue,
  Vers toi mon âme est accourue....
Alors tu m'as pressé tendrement sur ton cœur.

Le jour où je touchai le seuil de ta demeure
Parmi mes souvenirs se retrouve à cette heure :
Un tour rempli d'argile était devant mes yeux,
Tu le poussais du pied et d'un air taciturne....
Bientôt, entre tes mains, l'urne fit place à l'urne,
  Et ta voix monta vers les cieux !

Ainsi, les yeux sur toi, l'âme toujours ravie,
Je goûtais doucement ta douce poésie !
Elle se tut bientôt... mais j'écoutais encor :
C'était un cri d'amour dans ta langue natale,
    Une parole aux grands fatale,
Un conte oriental pour l'enfant qu'on endort.

C'était un chant d'espoir au pauvre prolétaire,
Un hymne de bonheur, qui saura toujours plaire,
Quand le bruit de Paris cessa derrière toi,
Quand ton pied regagna ta modeste retraite,
Quand, dans ton âme, enfin, s'éveilla le poète
    Plein d'amour, de force et de foi !

Je suis venu souvent, enflammé de délire,
Ainsi te voir, entendre un accord de ta lyre :
Tu m'as chanté le Christ instruisant le vieux temps,
La bergère au teint brun, fille de la montagne,
    Que ton deuil, hélas ! accompagne
Au champ où gît la fleur moissonnée au printemps !

Le souffle des douleurs est passé sur ta vie,
Poète ! prends le luth, et ton âme est ravie :
Évoque, au sein des nuits, un tendre souvenir !
Va donc ! et, si jamais tu crois en ma parole,
Humble artisan, travaille à gagner l'humble obole,
    Poète, à gagner l'avenir !

VEUX-TU VENIR?

Veux-tu venir par la campagne,
Charmante fille aux yeux si doux !
Ici, toujours l'ennui nous gagne :
Viens, je t'en supplie à genoux.

Veux-tu venir dans la prairie
Cueillir en paix le bouton d'or,
La marguerite si chérie,
O toi, mon ange ! mon trésor !

Si tu venais, ô jeune fille !
Je serais plus heureux qu'un roi ;
Je te dirais, sur la charmille,
Que tout mon amour est pour toi !

De la cité le long murmure
Ne saurait donner le bonheur :
La douce voix de la nature
Dans les bois parle mieux au cœur.

Déjà, quoique ta voix me dise,
Causent, là-bas, des amoureux,
Mêlant aux plaintes de la brise
De tendres et touchants aveux.

Dans leur félicité suprême,
Les couples, charmant leurs loisirs,
Ne peuvent retenir : Je t'aime !
Suivi d'ineffables soupirs !

Eh quoi ! tous mes discours s'envolent
Vers le séjour aérien !
Il est des anges qui consolent,
Et ton cœur, pour moi, ne dit rien !

Ah ! si tu savais tous les rêves
Qui naissent du bruit des ruisseaux,
Du chant qui vibre sur les grèves,
Grâce à de fidèles oiseaux !

Si tu connaissais tout le charme
D'être avec un seul cœur humain
Au fond des bois... ah ! qu'une larme
Coulerait douce sur ton sein !

L'amour, alors, dans ta jeune âme
Éveillerait plus d'un désir,
Et, pleine d'une tendre flamme,
Aux bois tu voudrais revenir !

LA VOIX DE L'AMOUR.

—

Romance.

Oh ! viens sur la fougère,
Quand la rive est sans voix !
Mon idole si chère,
Viens dans un nid des bois !
Le soleil qui décline
Prédit la fin du jour....
Allons sous la colline !
C'est l'heure de l'amour.

Tout dort dans la vallée
Et le Ciel est si beau !
Dans l'épaisse feuillée
Se tait le tendre oiseau ;
Mais lorsque tout sommeille
A la chute du jour,
Belle ange ! mon cœur veille
Implorant ton amour.

Nulle part, sur la terre,
Je n'ai vu tant d'attraits.
A ma tendre prière
Répondras-tu : Jamais !...
Toi, si blanche, si fine,
Ne sentirai-je, un jour,
Ton sein sous ma poitrine
Où mon cœur bat d'amour ?

Sur le sombre rivage,
Ton air devient rêveur :
Ah ! tu comprends, je gage,
Les soupirs de mon cœur !
La brise est parfumée,
La nuit succède au jour....
Daigne, ô ma bien aimée,
Répondre à mon amour !

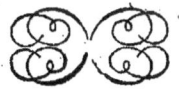

L'ÉCHO DE LA TENDRESSE.

Jeune fille tendre et chérie,
Que tu montres d'attraits à mes yeux éblouis !
Je crois que ta grâce et tes ris,
Tes appas et tes soins embelliraient ma vie.

C'est un penser bien doux que m'inspire mon cœur.
Oui, quand, devant mes yeux, rêveuse tu te poses,
Je me dis : Si j'avais la plus belle des roses,
Ah ! pour moi, quel bonheur !

Lorsque la nuit tranquille a déroulé ses voiles,
Nous irions dans les champs aux lueurs des étoiles ;
Là, caresses, baisers, dans un nid des vallons,
Tendres embrassements qui font palpiter l'âme,
Là, regards tantôt doux, tantôt remplis de flamme,
Tout nous dirait : Aimons ! aimons !...

Dis-moi, charmante jeune fille,
Dis-moi si quand tu vas errer sous la charmille,
Jamais pensers d'amour n'ont agité tes sens !
Oh ! sans doute, le soir, sur la pelouse verte,
Où la nuit, sous ton toit, la fenêtre entr'ouverte,
Ton âme se nourrit d'intimes sentiments !

Dis : ne jettes-tu pas, alors, sur cette foule
Qui circule à tes pieds, ainsi qu'un noir essaim,
Un regard pénétrant, amoureux, incertain,
Pour découvrir un cœur qui devant tes yeux roule ?

Ces mots que sur ta bouche une mère surprend,
  Ces mots qu'à voix basse on murmure,
N'est-ce pas de l'amour pur comme la nature ?
  Mais, pauvre ange ! qui te comprend ?

Qui te comprend ?... moi, lorsque ta voix chante
Se mêlant dans la nuit au souffle du zéphir,
Moi, dont le cœur est là pour donner un soupir
  A cette voix touchante
  Qui me berce, m'enchante,
Et captive mon être enivré de plaisir.

  O beauté pleine de tendresse !
Crois-moi, chante l'amour, car mon cœur te répond.
Ainsi qu'un marinier qui, debout sur le pont,
Trouve pour son navire un port dans sa détresse,
Ainsi, par tout les flots battu dès ma jeunesse,

Que je rencontre, enfin, pour couler d'heureux jours,
  Le bonheur qui m'a fui sans cesse,
  Mais qu'on trouve toujours,
  Toujours sur le sein des amours !

Seul avec vous.

Oui, je vous aime, et j'aime cet asile.
Ah! qu'il est doux
De goûter, dans les champs, un plaisir pur, tranquille,
Seul avec vous!

SYMPATHIE.

Enfant! ainsi que toi, j'aime le clair de lune.
La nuit, quand mon cœur veille et jette un doux soupir,
Une molle clarté jamais ne m'importune
Et j'ouvre mes volets avant que de dormir.

Pleine lune ou croissant, cet astre est poétique;
Jeune, j'aurais voulu le toucher de ma main,
Mais son effet pour moi n'est plus aussi magique
Quand scintille à ma vue un astre plus serein!

Eh quoi! les yeux baissés, tu rougis de comprendre?
Cet astre, nuit et jour, me fait vivre et penser...
Ah! si je ne craignais de me le voir défendre,
Je courrais vers ses feux... dussent-ils m'embraser!

UN NOM.

I.

Lorsque je vois une feuille
Errante dans le vallon,
Mon cœur bientôt se recueille
Et, tout bas, j'épelle un nom.

Tandis que, dans la vallée,
J'entends le cri du grillon,
En rêvant dans une allée,
Mon cœur, tout bas, dit un nom.

Quand, le soir, la brise pleure
En passant sur le gazon,
Quand l'horloge sonne une heure,
Je répète encore un nom.

Quand l'astre des nuits s'avance
Pour argenter l'horizon,
De mon luth un chant s'élance
Pour glorifier un nom.

Dans la nuit, dans la journée,
Sous la brise ou l'aquilon,
Que naisse ou meure une année,
Je dis, oui, je dis un nom.

II.

Ce nom qui toujours m'inspire ,
Ce nom qui revient toujours
Sur les cordes de ma lyre
Comme le chant des amours ,

C'est le nom qu'en traits de flamme
Je lis au Ciel radieux ,
C'est le saint nom que proclame
Le poète harmonieux.

C'est ton nom , pure lumière !
Ce nom que les malheureux
Prononcent dans leur prière
En levant les mains aux cieux.

Le vieillard , dans la souffrance ,
L'invoque pour son repos ;
Sur les lèvres de l'enfance
Ce nom trouve des échos.

O providence bénie !
Pour chanter ce nom touchant ,
Oui , toujours la poésie
Toujours te réserve un chant.

7

Désir.

Quand, sur le piano, tes doigts, ô jeune fille ! -
Roulent, jouant pour moi la valse, le quadrille,
Ma bouche ne saurait te dire : Finissons !
Pourtant, à ton côté, m'enivrant de ta vue,
J'aimerais mieux un mot pour ma jeune âme émue,
Un seul mot de ton cœur que tous les plus beaux sons.

Autre Désir.

Lorsque votre main palpitante
Touche le piano, ce roi des instruments,
Vous recueillez, âme charmante !
Sourires, applaudissements.

Pour moi, dont le cœur sait comprendre
La voix des instruments, la voix des tendres cœurs,
Ah ! que ne puis-je vous entendre !
Je vous couronnerais de fleurs.

A Lord Byron.

O ma lyre ! cherchons les plus dignes accents
Pour célébrer celui dont le nom plein de gloire
Retentira toujours dans les champs de l'histoire
Et toujours aura droit au poétique encens !

Mais comment retrouver l'ineffable harmonie
Qui, quand ton luth s'endort, est perdue à jamais ?
Barde, il faudrait avoir ton sublime génie
Pour montrer, dans nos chants, de merveilleux attraits !

Oui, c'est ainsi, Byron, mais, après tout, qu'importe ?
Mon vers, comme le tien, ne peut être touchant ;
Pourtant mon cœur est tendre et c'est lui qui m'exhorte
    A t'adresser enfin ce chant.

Ce chant est l'humble écho de ma reconnaissance
Pour tes brillants concerts qui ravissent mon cœur ;
Ce chant te remercie au nom de mon enfance
Où je goutai déjà tes vers pleins de saveur !

    En avançant dans cette triste vie,
Tes ouvrages, souvent, sont ouverts sous mes yeux,
Et tes sombres accents et ta douce harmonie
    Je les savoure encore mieux.

Byron ! tu la quittas cette indigne Angleterre
Qui cependant t'avait donné le jour ;
Tu souffrais de toucher de tes pieds cette terre...
    Tu la quittas... et sans retour !

Et, sous le nom d'Harold, faisant vibrer ta lyre,
Heureux de t'éloigner des bords où tu nâquis,
Laissant le vent enfler la voile du navire,
    Derrière toi tu jetais ton mépris !

    Tu consolais ton petit page
    Qui pleurait loin de ses parents ;
Tu marchais, tu chantais, écrivant une page
Que t'inspiraient les flots, les beautés et les vents.

Ainsi tu contemplas les brunes andalouses,
    Tu t'arrêtas quelque temps à Cadix,
Tu composas, sur les molles pelouses,
Des vers placés au rang de tes plus beaux écrits !

    Tu visitas surtout Venise
    Où tu jouis d'un doux repos ;
A Venise, ton âme à l'amour fut soumise,
    A Venise, fille des flots !

Mais au sein des amours, quel cri se fait entendre?...
C'est la Grèce, Byron, qui de son long sommeil
Cherche à sortir enfin et veut faire comprendre
En tous lieux que voici l'heure de son réveil !

Alors, alors ton cœur si rempli de tendresse,
    Si plein de générosité,
S'ouvre... et tu cours soudain arborer dans la Grèce
    L'étendard de la liberté !

Vive la liberté ! tu déposes ta lyre
    Pour mettre l'épée à la main :
Vive la liberté !... qu'importe le martyre?
Qu'importe un trait cruel enfoncé dans le sein?

Cependant une fièvre ardente,
O poète ! ô guerrier ! vole... et sur toi s'abat,
Et te tient inactif, enchaîné sous ta tente,
    Hélas ! à l'heure du combat !

Après avoir donné de l'or avec des glaives,
Comme fait du bon droit tout noble défenseur,
Tu souffrais, tu dormais, rêvant de tristes rêves,
Murmurant : « Grèce ! - Adda, toi si chère à mon cœur ! »

Bientôt tu n'étais plus !... et les Grecs sous les armes,
Te rendant les honneurs, ainsi qu'aux grands guerriers,
Auprès de ton cercueil défilèrent en larmes,
Et couvrirent ton corps de rameaux de lauriers !

O sublime héros ! ô poète admirable !
Ton nom peut se jouer et des flots et des vents,
Puisque... (nous le voyons, ce n'est pas une fable !)
    Puisqu'il peut se jouer du temps....

Chacun porte sa Croix.

Chacun porte sa croix sur cette triste terre,
Chacun, sous son fardeau, gémit en ce bas lieu...
    Impénétrable mystère !
    Silence !... Dieu, c'est Dieu !

ATTENTE.

Viendra-t-elle?...— Pour moi, je l'attends, et peut-être
Resterai-je longtemps sans la voir apparaître.
Ce cœur que je chéris est-il sourd à mon cœur?
Non, je ne verrai plus ses pieds, dans cette allée,
Fouler le vert gazon, ni l'humide feuillée,
Ni ses yeux m'annoncer l'approche du bonheur !

J'attendais cependant une brillante aurore....
Mais, sous des cieux jaloux, je ne rencontre encore
Que ronces sur ma route, hélas! au lieu de fleurs !
Où sont, où sont, dis-moi, ces promesses sans nombre?
Ah! sur mon front, toujours, toujours passe quelque ombre !
     Mon sein n'a que douleurs !

Oh! pourquoi me ravir une si douce ivresse !
Naguère, dans ces bois, témoins de ta tendresse,
A mes regards charmés tu te montrais souvent ;
Pour nous tout rayonnait.... et ton âme rêveuse
Dorant notre avenir, mon âme était heureuse....
Mais la feuille, toujours, est le jouet du vent.

Viendra-t-elle ?... — J'entends déjà résonner l'heure,
L'heure sombre où chacun rentre dans sa demeure.
Quoi ! je ne pourrai plus contempler tes attraits !
Le bonheur s'est-il donc éclipsé dans ma vie?
J'avais compté sur toi comme sur une amie
     Et tu n'aimas jamais!...

UNE LUEUR D'ESPOIR.

I.

Hélas ! hélas ! qu'est-ce que cette vie ?
Oh ! comme tout est sombre autour de moi !
Toujours souffrir ! impitoyable loi !
Dormons ! dormons ! ainsi tout mal s'oublie....
    Car où pourrais-je voir
    Une lueur d'espoir ?

Mille tourments assiègent le poète :
Pourquoi le sort a-t-il choisi son cœur
Pour y placer l'éternelle douleur ?
Un doux loisir est ce que je souhaite !
    Car où pourrais-je voir
    Une lueur d'espoir ?

Pour conserver sa fragile mémoire,
Le barde court après un vain laurier !
Hélas ! pour moi, laissez-moi m'écrier :
Sans la chercher, j'attends toujours la gloire !
    Car où pourrais-je voir
    Une lueur d'espoir ?

Sur cette mer qu'on nomme poésie,
Il faut ramer et d'un bras vigoureux ;
Le but atteint, se sent-on plus heureux ?
Ah ! le silence est mon unique envie !
    Car où pourrais-je voir
    Une lueur d'espoir ?

II.

Et cependant, lorsqu'aux sons de sa lyre,
Le barde exprime un désir amoureux,
Quel sort charmant s'il voit deux jolis yeux
Le regarder avec un doux sourire !
    Mais où pourrais-je voir
    Une lueur d'espoir ?

Qu'il est heureux quand, d'harmonie éprise,
Auprès de lui se fixe la beauté,
Cherchant l'amour et l'immortalité,
Cheveux flottants au souffle de la brise !
    Mais où pourrais-je voir
    Une lueur d'espoir ?

Qu'il est heureux lorsqu'il entend : Je t'aime !
Ce doux mot dit avec tant de douceur,
Qu'au même instant on doit croire au bonheur,
À ce bonheur vraiment nommé suprême !
    Mais où pourrais-je voir
    Une lueur d'espoir ?

Alors, adieu l'implacable souffrance
Qui, sur son luth, gémissait nuit et jour !
Adieu, tourments ! salut, salut, amour,
Toi que cherchait l'aile de l'espérance !
    Oh ! quand pourrais-je voir
    Une lueur d'espoir ?...

DÉCEPTION.

—

CHANSON.

Quand un cœur perd toute espérance
De posséder un autre cœur,
Sous l'étreinte de la souffrance
Il exhale en vain sa douleur.
Moi, je voudrais être une chose
Qu'on ne se lassât pas d'aimer.
En rossignol, en une rose
Que ne puis-je me transformer !

En vain je cherche à plaire
Auprès de la beauté ;
Mes grâces, mes chansons, mon cœur, rien n'y peut faire!
Quelle fatalité !

Pourquoi ne suis-je pas la rose,
La rose, reine du jardin ?
Bientôt j'irais, à peine éclose,
J'irais briller sur un beau sein.
Mon éclatante destinée
Bientôt pâlirait pour jamais ;
Mais, dans ma rapide journée,
J'aurais embaumé mille attraits.

En vain, etc.

Pourquoi ne suis-je pas le chantre,
Le barde ailé, charme des bois?
Quand la beauté me dirait : Entre !
J'irais avec ma douce voix.
De la perte de mon bocage
Je saurais bien me consoler,
On n'aurait pas besoin de cage
Pour m'empêcher de m'envoler.

　　　En vain, etc.

Je n'ai que ma lyre chérie
Qui dit les peines de mon cœur :
Aussi, je vois ma triste vie
Rouler son cours sans nul bonheur !
Pourtant, aux sourires d'un ange,
Aux doux soupirs de la beauté,
Le poëte donne en échange
L'amour et l'immortalité.

　　　En vain je cherche à plaire
　　　Auprès de la beauté ;
Mes grâces, mes chansons, mon cœur, rien n'y peut faire!
　　　Quelle fatalité !

LA LIBERTÉ.

Noble France , ma patrie ,
Contrée à jamais chérie ,
Beau pays plein de fierté ,
Veille , veille à ta défense ,
Va , réprime la licence ,
Fais fleurir la liberté !

O France ! fête sans cesse
Cette brillante déesse ,
Douce comme le doux miel.
La licence , qu'on l'abhorre !
La liberté , qu'on l'adore :
Car elle est fille du Ciel.

Près de l'ordre et de la gloire ,
Comme un flambeau , dans l'histoire ,
Toujours la liberté luit ;
Pour charmer le cœur des hommes ,
Dans le séjour où nous sommes
Un bon ange la conduit.

Mais la licence effrénée
Dont toute âme est consternée,
Difforme, s'offre à nos yeux ;
Toujours son air est farouche,
Toujours son infâme bouche
Hurle un chant séditieux.

Le méprisable vulgaire
Qui devrait toujours se taire,
Tous les hommes sans honneur,
Quand, pour elle tout s'écroule,
Devant leur idole, en foule,
Jettent des cris de bonheur.

Oh ! mon âme de poète,
Lorsque mugit la tempête,
Des flots combat la fureur ;
Ma voix pleure, chante et prie :
Mais, hélas ! la barbarie
Est sourde à la voix du cœur !

Noble France, ma patrie,
Contrée à jamais chérie,
Beau pays plein de fierté,
Veille, veille à ta défense,
Va, réprime la licence,
Fais fleurir la liberté !

18 avril 1853.

Mon bonheur s'est éteint.

—

ÉLÉGIE.

Oui, pour me consoler, rappelons le passé,
Rappelons les beaux jours où mon cœur fut bercé
Par des plaisirs si doux, tels qu'on n'y saurait croire
Et dignes d'effacer les rêves de la gloire !
Que dis-je ?... Rappelons !... peuvent-ils revenir
Ces beaux jours, autrement que dans mon souvenir ?
Mon bonheur s'est éteint, il ne saurait renaître,
Car elle est morte, hélas ! et ne peut reparaître !
Elle est morte, elle est morte, oui, celle que j'aimais,
Celle que j'aime encore et que j'aime à jamais !
J'ai vu son corps si beau placé dans une bière
Et j'ai versé des pleurs et fait une prière !...

Amour, plaisir, bonheur, ah ! vous étiez trop doux
Pour vous trouver toujours exacts au rendez-vous !

Qu'il est passé bientôt, ce temps de mon bonheur !
A ses regards ardents je devinai son cœur ;
Alors, à son aspect, je sentais dans mon âme
Pénétrer une vive et sympathique flamme.
Avant que de sa voix j'eusse ouï le doux son,
Cette flamme, en mon sein, avait écrit un nom :

Ce nom, c'était AMOUR ! on peut bien le comprendre;
Et ces lettres de feu ne tombent pas en cendre ,
Même après le départ , après l'heure où le sort
A jeté sur mes jours le voile de sa mort.
Il me semble la voir lorsque, ouvrant sa paupière ,
Elle versait en moi de l'amour la lumière !

Amour, plaisir, bonheur, ah ! vous étiez trop doux
Pour vous trouver toujours exacts au rendez-vous !

Il me semble la voir, tandis que, à mon côté ,
Elle venait s'asseoir, modèle de beauté ,
Simple dans sa toilette et toujours grâcieuse ,
De goûter ma présence étant toujours heureuse !
Il me semble l'entendre , avec tant de douceur,
Par un mot de son cœur s'adresser à mon cœur !
Oh ! comme je cherchais ses tendres causeries ,
Plus tendres que ne sont , hélas! mes poésies ,
Car les vers les plus beaux ne sauraient exprimer
Les doux sons de sa voix qui me disait d'aimer !
Ce que son souvenir, même aujourd'hui m'inspire ,
Je le sens dans mon cœur, mais je ne puis le dire....

Amour, plaisir, bonheur, ah ! vous étiez trop doux
Pour vous trouver toujours exacts au rendez-vous !

Oui, toute sa personne, oui , chacun de ses traits
Semblaient dire à mes yeux : Parcourez mille attraits!
Ce n'est point un mensonge, elle était accomplie ,
Et ma vie, en ce temps, était bien embellie !

Plus loin qu'elle jamais ne volait mon désir,
C'était tout mon amour, c'était tout mon plaisir !
Ces heures sous ses yeux, ces heures de tendresse,
Mon cœur qui s'en souvient les regrette sans cesse.
Au milieu d'un bonheur si charmant à sentir,
Toujours en la quittant, je jetais un soupir ;
Et puis, quand j'étais seul, ses paroles chéries,
Que je n'oubliais pas, berçaient mes rêveries !

Amour, plaisir, bonheur, ah ! vous étiez trop doux
Pour vous trouver toujours exacts au rendez-vous !

Au printemps de sa vie et le cœur plein d'amour,
Elle a fermé ses yeux à la clarté du jour !
Plus d'une année a fui depuis la funèbre heure
Où je versai longtemps des pleurs dans sa demeure.
Plus d'une année a fui depuis que son cercueil
En passant devant moi m'a laissé tout en deuil !
Hélas ! après sa mort, souvent, dans ma détresse,
J'ai revu sa maison, témoin de sa tendresse !
Tout était à sa place, ainsi qu'aux jours heureux,
Mais je cherchais en vain un regard de ses yeux !
Je pouvais seulement presser sur ma poitrine
Des objets que, jadis, touchait sa main si fine !

Amour, plaisir, bonheur, ah ! vous étiez trop doux
Pour vous trouver toujours exacts au rendez-vous !

Souvent, pour adoucir les peines de mon cœur,
Pour rencontrer, du moins, un reste de bonheur,

J'ai revu, dans l'asile où je dus tant me plaire,
Une salle charmante.... aujourd'hui solitaire !
Là s'offre sur un mur un fidèle portrait :
C'est elle !... je voyais.... et mon cœur soupirait!...
Là, seul avec l'amour, seul avec le silence,
J'ai cru me retrouver encore en sa présence;
Alors, j'ai cru souvent qu'elle allait me parler,
Et, rempli du passé, j'ai pu me rappeler....
. . . .
. . . .

J'ai vu mon bonheur fuir, — ô sujet de tristesse ! —
Quand je croyais l'avoir pour le garder sans cesse.

Amour, plaisir, bonheur, ah! vous étiez trop doux,
Trop doux pour vous trouver encore au rendez-vous!!

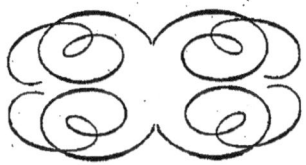

TOUT A TOI.

—

CHANSON.

Je n'attends rien sur cette terre,
Je suis au comble du malheur ;
Mais si le Ciel voulait , j'espère ,
J'aurais, pour consoler mon cœur,
Le cœur d'une beauté gentille
Qui saurait répondre à ma foi....
Et je dirais : Ô jeune fille !
     Tout à toi.

J'entends toujours gronder l'orage,
Toujours l'azur du firmament
Est couvert pour moi d'un nuage....
Je soupire : Ah ! cruel tourment !
Mais si ma douce étoile brille,
J'aurais plus de bonheur qu'un roi...
Et je dirais : Charmante fille !
     Tout à toi.

Que de fois, aux pieds d'une belle,
Brûla le feu de mes désirs !
Hélas ! en vain !... — l'âme cruelle
Dédaigne les tendres soupirs.
Mais si , le soir, sous la mantille ,
Deux beaux yeux scintillaient pour moi,
Je m'écrirais : Sensible fille !
     Tout à toi.

———

8

TOUT PASSE.

Maison qu'abrite la montagne ,
Lieux où j'ai goûté le bonheur,
Fontaine, pré, bosquet, campagne,
A vous ces strophes de mon cœur !

Beau séjour ! à l'heure où l'aurore
Vient dorer le noir univers ,
Près de ta cascade sonore ,
Jadis , j'ai fait mes premiers vers.

Et j'aime encore le murmure
De l'eau fraîche qu'ici je bois ,
Et j'aime encore la verdure
Qui couronne ces sombres bois.

Mais mon cœur, rempli de tristesse ,
Ne retrouve plus dans ces lieux
Les jours si doux de ma jeunesse ,
Les jours où j'étais si joyeux !

Pourquoi ? parce que dans la vie
Tout n'est pas rose, et que l'amour,
Bien que le Ciel au monde envie ,
De ces lieux a fui sans retour.

Toi que je vois là-bas.

Toi que je vois là-bas, rêveuse, à ta fenêtre,
Ah ! si tu comprenais les soupirs de mon cœur,
A mes tendres désirs tu répondrais peut-être,
    Et nous aurions le vrai bonheur !

Si longtemps accoudée à la persienne verte
Que, pour rêver en paix, tu laisses entr'ouverte,
A quoi penses-tu donc, là-bas, si longuement ?
    A quelque ami de cœur absent ?

Tu crois qu'il va passer sans doute en cette rue
    Où tu tiens constamment ta vue ?
Tu veux qu'il te remarque et veux l'apercevoir
Sans qu'un œil indiscret puisse pourtant te voir ?

L'amour parle en ton cœur.... et toi, silencieuse,
    Toi, fille charmante, amoureuse !
Tu veux bien écouter ce que dit cet oiseau
    Dans son ramage doux et beau....

De trouver un amant tu nourris l'espérance ;
Vers ce cœur inconnu ton cœur bondit d'avance,
    Et tu soupires tendrement :
    « Quand donc trouverai-je un amant ?... »

Voilà pourquoi l'heure s'écoule ,
Voilà pourquoi passe la foule ,
Et tu jettes les yeux tantôt sous ton balcon ,
Tantôt aussi vers l'horizon.

Toi que je vois là-bas , rêveuse , à ta fenêtre,
Ah ! si tu comprenais les soupirs de mon cœur,
A mes tendres désirs tu répondrais peut-être
Et nous aurions le vrai bonheur !

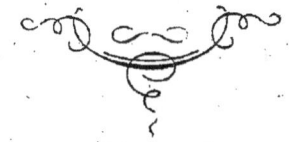

LOUISE ROUQUET.

—

REGRETS.

Oh! non, ne prions pas pour la Vierge fidèle
A la loi du Seigneur, mais pleurons à genoux !
Ne prions pas!.... C'est elle
Qui doit prier pour nous !.

Elle a donc fui, cette douce colombe;
Elle a donc fui pour un nouveau séjour ;
Elle voltige, elle entre dans la tombe,
Et nul ne peut compter sur son retour!

Tant de vertu, de bonté, de jeunesse
Pour ce bas-monde, hélas ! c'était trop beau !
Aussi la mort, dans toute sa vitesse,
A commandé le marbre d'un tombeau !

Elle n'était point faite pour la terre ;
Depuis longtemps, les yeux levés au ciel,
Elle écartait, en gardant le mystère,
Sa bouche loin du calice de fiel !

Quoi ! dans son cœur la voix de l'espérance,
Dans l'âge d'or, au matin, à vingt ans,
N'a-t-elle pu, lorque la mort s'avancé,
Lui dire : — O mort! je suis heureuse!.. Attends!

N'a-t-elle pu s'écrier : — Destinées !
Je suis bien jeune , et mes pauvres parents,
Si je m'en vais , pleureront des années ,
Si je m'en vais , hélas ! dans mon printemps.

Dans mon printemps !... — Elle pouvait le dire:
Ses yeux brillaient , sa joue était en fleurs ;
Et de son sein , qui tendrement soupire ,
Ne s'échappaient jamais cris de douleurs !

Comme une rose , ô ciel! tu l'as cueillie,
Tu l'as cueillie avant la fin du jour
Pour savourer de son cœur l'ambroisie ,
Pour savourer cette coupe d'amour !

Oh ! non , ne prions pas pour la Vierge fidèle
A la loi du Seigneur , mais pleurons à genoux !
Ne prions pas !.... C'est elle
Qui doit prier pour nous !

Réunion de toutes les qualités.

Joindre les grâces , la beauté
Au goût émanant du génie ,
Avoir un cœur plein de bonté ,
Être fidèle et tendre amie ;
Voilà ce qui , dans l'univers ,
Reçut du Ciel un beau partage !
Mais , hélas ! que valent mes vers
Pour chanter ce noble assemblage ?

IMPROVISATION A LA BEAUTÉ.

Comment veux-tu , jeune fille ,
Que j'accorde ici mon luth ?
Quand la beauté vient et brille ,
Quelque chose me dit : Chut !

Car de ma chétive lyre
Tous les chants harmonieux
Sont loin de son doux sourire
Ainsi que de ses beaux yeux !...

LE VALLON.

I.

Amoureux du riavge
Où Dieu conduit le sage,
Je suis dans un vallon
Que rase l'hirondelle,
Où tourbillonne l'aile
Du brillant papillon.

Dans l'agreste demeure,
Mon œil jamais ne pleure,
Ma voix chante toujours,
Toujours elle s'élance
Au milieu du silence
Et les nuits et les jours.

Les bois sont le domaine
Où va le barde en peine,
Quand tous s'en font un jeu,
Ne voulant pour sa gloire
Aucun autre auditoire
Que la nature et Dieu !

II.

Cependant , pour mon âme
Qu'un tendre amour enflamme ,
Si je trouvais un cœur,
Quand , plein de rêveries ,
Errant dans les prairies ,
Je cherche le bonheur !...

Ce serait , ô miracle !
Faire mentir l'oracle
Qui m'est pernicieux ;
Car j'aurais sur la terre ,
J'aurais , dans le mystère ,
Quelque chose des cieux !

III.

Toi que mon cœur appelle ,
Viens comme l'hirondelle
Au retour du printemps ;
Ou , si tu veux encore ,
Parais comme l'aurore
Qui présage un beau temps !

Oh ! viens voir la nature,
Le ruisseau qui murmure ,
Mon champêtre séjour ;
L'air est pur, mon cœur t'aime ;
Et le bonheur suprème
N'est-il pas dans l'amour ?

Caché dans le feuillage,
Modulant son ramage
Dans le calme des bois,
Le rossignol soupire,
Et l'aile du zéphire
Porte aux échos sa voix.

Bercés par sa voix pure,
Entourés de verdure,
Que nous serions heureux !
Aimer !... c'est ma devise.
Je confie à la brise
Le plus cher de mes vœux.

A propos d'un Portrait.

Oui, voilà l'adorable image
D'une jeune sylphide au cœur plein de bonté ;
Dans tous les traits de ce visage
Règnent la grâce et la beauté !

L'ABSENCE.

Est-il vrai que malgré l'absence
Le nom d'un tendre ami vit dans ton souvenir ?
Est-il vrai que ton cœur, bercé par l'espérance,
L'appelle nuit et jour et croit qu'il va venir ?

Oh ! que je suis heureux quand de ton beau rivage
Le zéphir printanier m'apporte un mot du cœur !
Tandis que je soupire au fond de mon bocage,
Vers moi ta voix s'envole et me rend le bonheur.

Te souviens-tu, dis-moi, de ces jours d'allégresse
Où nous allions cueillir dans ton charmant jardin
        Ces fleurs, emblèmes de tendresse,
Dont nos doigts si distraits émaillaient le chemin ?

Des jeux où, galamment, l'un vers l'autre, on s'élance,
        Charmaient, tous les jours, nos loisirs;
Une voix, dans nos cœurs, nous criait : Espérance !
        C'était là le temps des plaisirs.

Aujourd'hui, loin de toi, mon adorable amante!
        Je n'entends plus des cris joyeux :
        L'ennui s'est glissé sous ma tente
Dès que mes tristes yeux n'ont plus vu tes beaux yeux!

Quelquefois cependant, idole du poète !
Dans mon cœur plein d'amour tu ranimes l'espoir ;
Je dis alors : les jours qu'en mon sein je regrette,
Ces jours si beaux, si doux, pourrai-je les revoir?...

Oh ! que je suis heureux quand de ton beau rivage
Le zéphir printanier m'apporte un mot du cœur !
Tandis que je soupire au fond de mon bocage,
Vers moi ta voix s'envole et me rend le bonheur.

ESPOIR.

Tendre et chère beauté que me cache l'absence,
O mon amour ! objet de mes désirs constants !
    A toi toujours je pense....
Et je crois que l'hiver fera place au printemps !

LE DÉCLIN DU JOUR.

Lorsque le jour décline ,
Je vais , sur la colline ,
Rêver , m'asseoir , courir ;
Sur l'aile du zéphire ,
Ma lyre
Laisse aller un soupir !

Alors , du haut d'un roc , poétique colonne ,
Je contemple la terre et le Ciel , tour-à-tour :
Il me semble , ô mon Dieu ! que ce qui m'environne ,
Parce que j'en jouis , m'appartient sans retour.

Non loin de ce rocher , dans le sombre bocage ,
Le rossignol soupire et pleure tendrement....
Au milieu du silence , à travers le feuillage ,
Je l'écoute.... et mon luth se tait en ce moment.

Mais je vois , dans les airs , resplendir la lumière :
Les globes d'or des cieux , attestant ta grandeur ,
Éclairent , ô mon Dieu ! ce globe de poussière ,
Et j'élève , en priant , mes mains vers toi , Seigneur !

Lorsque le jour décline ,
Je vais , sur la colline ,
Rêver , m'asseoir , courir ;
Sur l'aile du zéphire ,
Ma lyre
Laisse aller un soupir !

Quatrain.

Promenez-vous et méditez,
Passez du loisir à l'étude,
Le calme de la solitude
Vaut le tumulte des cités.

Le bonheur n'est pas pour moi.

ROMANCE.

Quelle est cette jeune fille
Dont j'admire les beaux yeux ?
Son regard charmant pétille,
Son front n'est pas soucieux.
Quinze ans, c'est son âge à peine,
Et, quand d'un air enchanteur,
Sa main va presser son cœur
Il me semble voir la reine....

Mais, du sort, ô dure loi !
Le bonheur n'est pas pour moi.

Sous une gaze légère ,
Son sein , formé par l'amour ,
D'une touchante manière
S'avance et fuit tour-à-tour.
Oui , c'est la beauté suprême !
Tout ; en elle , tout me plaît ;
Entourant son fin corset ,
Je lui dirais bien : Je t'aime !....

Mais, du sort, ô dure loi!
Le bonheur n'est pas pour moi.

Elle me voit.... elle incline
Doucement son front rêveur....
Ange aimé ! beauté divine !
Que penses-tu dans ton cœur ?
Quand , sur cette triste grève,
L'infortune est là toujours ,
Quelques fleurs, pour d'heureux jours,
Naîtront-elles de ton rêve?...

Mais , du sort, ô dure loi !
Le bonheur n'est pas pour moi.

Belle enfant ! si ta pensée
A la mienne répondait ,
Ton âme serait bercée ;
Nul de nous deux n'y perdrait.
Comme s'ouvre une fleurette
A l'aurore d'un beau jour ,
En présence de l'amour
S'ouvre le cœur du poète....

Mais , du sort, ô dure loi !
Le bonheur n'est pas pour moi.

UN HOMMAGE DU CŒUR.

—

ROMANCE.

Belle aux yeux noirs que la grâce couronne,
Prends ce bouquet aux brillantes couleurs;
Avec amour, belle! je te le donne;
En l'acceptant mets fin à mes douleurs!

    Ces roses, ô ma douce amie!
N'ont point tout ton éclat, ni toute ta fraîcheur;
    Mais accepte-les, je t'en prie,
    Car c'est un hommage du cœur.

Ah! laisse-moi, sur ton sein qui palpite,
Placer parfois des roses au teint frais!
Ton cœur, alors, ton cœur battra plus vite:
Ainsi ces fleurs te diront mes souhaits.

    Ces roses, ô ma douce amie!
N'ont point tout ton éclat ni toute ta fraîcheur;
    Mais accepte-les, je t'en prie,
    Car c'est un hommage du cœur.

Levons les yeux au-dessus des collines!
Bénissons Dieu, là-haut, dans ses splendeurs!
Car si la terre est couverte d'épines,
Parfois le ciel y fait germer des fleurs.

Ces roses, ô ma douce amie !
N'ont point tout ton éclat, ni toute ta fraîcheur ;
    Mais accepte-les, je t'en prie,
    Car c'est un hommage du cœur.

Ton doux sourire est une récompense :
Ouvre ton cœur au retour du printemps !
Dans ce séjour qu'embellit ta présence,
Jetons des fleurs sur les ailes du temps!...

    Ces roses, ô ma douce amie !
N'ont point tout ton éclat, ni toute ta fraîcheur ;
    Mais accepte-les, je t'en prie,
    Car c'est un hommage du cœur.

Bonheur Éphémère.

Non, le miroir des eaux n'est pas toujours limpide.
L'absinthe nous attend, hélas ! après le miel !
Le temps de mon bonheur s'est écoulé rapide....
    Je n'ai pu qu'entrevoir le ciel !

COURONNONS-NOUS DE FLEURS.

Hâtons-nous d'embellir le cours de notre vie !
Pour bannir le chagrin , hélas ! toujours si noir ,
Couronnons-nous de fleurs , ô ma charmante amie !
Pour aimer et jouir , n'attendons pas au soir !

Viens , à mes yeux charmés fais briller ta présence !
Sur de champêtres bords nous goûterons la paix ;
    Nous coulerons dans le silence
Ces moments fortunés qu'implorent nos souhaits !

Que tardes-tu ?.... Courons, foulons le vert bocage ;
Près d'un hêtre touffu que ma lyre a chanté ,
Nos cœurs battront ensemble, à l'ombre du feuillage,
Ensemble ils béniront notre félicité.

Mais que dis-je?... Bientôt , pour la rive lointaine ,
    Tu vas t'éclipser à mes yeux :
    Amère , hélas ! sera ma peine
    Et mon front sera soucieux !

    Belle et fraîche comme la rose ,
Tu ne reverras pas , peut-être de longtemps ,
    Ces bords fleuris que l'onde arrose,
Ces bords délicieux quand renaît le printemps!

Lorsque resplendira l'aurore,
Tu ne reviendras pas, demain,
Avec amour, poser encore
Ta main dans ma main!...

Mais un jour, je l'espère, un jour plein d'allégresse,
Ton cœur revolera battre contre mon cœur ;
Alors, pour nous, alors, à l'amère détresse
Succédera le doux bonheur !

En attendant, mon cœur, qui jamais ne sommeille,
A toi, pensera nuit et jour,
Et la brise légère encore à ton oreille
Murmurera mes chants d'amour.

Le Barde aux yeux du monde.

Le barde, aux yeux du monde, est un vain personnage
Qui passe tout son temps à regarder le ciel :
Le vulgaire, riant du céleste langage,
A la lèvre inspirée offre souvent du fiel.

Mais Dieu, dans sa bonté, protège le poète,
Sur ses vers, qu'il bénit, il veille tous les jours :
Ainsi, sous l'œil de Dieu, méprisant la tempête,
Les notes de mon cœur retentiront toujours.

SOUVENIR.

Sous les rameaux des bois , dans la fraîche prairie ,
Nous allions , tous les deux , suivant la rêverie ;
Sur le bord d'un ruisseau nous revenions souvent ;
Je laissais son bras nu penché sur mes épaules ,
Et là , nous échangions de suaves paroles
   Loin du monde , à l'abri du vent.

Et là , lorsque la nuit étend ses sombres voiles ,
Quand le dôme d'azur s'illumine d'étoiles ,
Que de fois j'ai vu battre un sein tendre , amoureux,
Vu sourire une bouche où montait la caresse
Et surpris , sur des yeux qui me peignaient l'ivresse ,
   Un feu que n'ont pas tous les yeux !

Ainsi , j'ai cru deux ans , ne plus vivre en ce monde,
Ainsi , quand le bonheur de ses fleurs nous inonde,
Moi, j'ai cru, dans l'Eden, voir mon cœur transporté:
Car tout me le disait, fontaine au doux murmure ,
Arbres chargés d'ombrage et champs pleins de verdure,
   La solitude et ma beauté!

Mais, dans un ciel d'azur, parfois , vole un nuage :
Le silence d'abord , puis le bruit, c'est l'orage.
Hélas! elle revint aux lieux de son berceau ,
Ou le sort, la jetant en proie à l'aventure ,
A refoulé plus loin celle dont la nature
   N'offre pas deux fois le tableau !

Ainsi, quand je t'avais sous mes yeux, dans mon âme,
Quand tu versais si bien les doux flots de ta flamme
Dans mon cœur adoré, soudain ivre d'amour,
Un matin, j'erre en pleurs autour de nos demeures.....
Ah ! qui pourrait me rendre une des belles heures
      Que le sort suspend sans retour !

Peut-être, aux bras d'un autre, ô cruelle pensée !
Ton âme est aujourd'hui plus mollement bercée.
Peut-être, dans ton cœur, coule-t-il plus de miel !—
Mais je ne le crois point... Non ! pardonne au délire !
Pardonne aux tristes doigts qui font parler la lyre
      Avec un langage de fiel !

Pardonne !... — Ma douleur détruit mon espérance.
Au retour du bonheur je n'ai plus confiance.
Toujours je cherche en vain le cher objet perdu !
Dieu ! beauté ! que de pleurs tombent de ma paupière !
Mais Dieu n'écoute point ma fervente prière,
      Et toi, m'as-tu donc répondu ?...

Ainsi, plein du passé, souvent ma voix s'écrie :
Une âme, malheureux ! à mon âme est ravie !
Avec elle mon cœur a dû voir tout partir :
Tant de grâce à des yeux jamais noirs d'amertume !
Tant d'espoir ! tant d'ardeur qu'un seul regard allume !
      Tant d'amour si doux à sentir !...

UN SOIR.

Un soir que je venais, triste et longtemps rêveur,
　　M'asseoir au seuil de ma demeure,
Je pris, pour essayer de distraire mon cœur,
　　Un livre qu'on ouvre à cette heure.

Clara ! c'était le tien.... et je vis jusqu'au bout
　　Ce rêve de ton insomnie,
Ce tableau de l'amour, de l'esprit, du bon goût,
　　Ce miroîr, enfin, de ta vie !

Oh ! comme tu parlais, avec ta douce voix,
　　A quiconque pleure en son âme !
Comme je voyais bien, pour la première fois,
　　Dépeindre une amoureuse flamme !

Ce recueil déroulé jetait un doux émoi
　　Dans mon cœur que l'ennui dévore ;
Et je disais alors : — Trois fois heureuse, toi
　　Dont les chants sont ceux de l'aurore !

Après avoir ainsi donné quelques instants
　　Aux suaves fruits de ton âme,
Je sentis dans mon sein, grâce à tes tendres chants,
　　Opérer un tendre dictame !

Et je te lis toujours, toujours lorsque le vent
    Jette en mon cœur quelque amertume ;
Car tes vers, je le dis, et j'y pense souvent,
    Ne sont pas l'œuvre d'une plume !

Oui, tes accords sont beaux, tendres, pleins de douceur,
    Ils corrigent la coupe amère :
Ah ! que dis-je ? ils feraient éclore le bonheur,
    S'il pouvait naître sur la terre !

Va, chante en paix !.. - ma barque est prête à chavirer :
    Maint écueil est caché dans l'onde !
Avoir l'amour au cœur, rire et surtout pleurer,
    Clara, c'est le cours de ce monde.

UNE VOIX.

Jeune homme ! ta voix est bien belle ,
Ta voix est bien l'écho du cœur.
Tour-à-tour tendre et solennelle ,
Elle fait naître le bonheur.

Comme le doux bruit des cascades
Qui dissipe tous mes ennuis ,
J'aime, j'aime tes sérénades
Planant dans le calme des nuits.

Ta voix court comme le zéphire ,
Ta voix fait oublier le temps ,
Ta voix est une douce lyre
Qui chante au retour du printemps.

Tu me fais goûter l'harmonie ,
Je t'offre des vers, pauvres fleurs !
La musique et la poésie
S'aiment comme de tendres sœurs.

Non , ta voix n'est point pour la foule.
Dieu la fit pour les tendres cœurs :
Pour l'élite il faut qu'elle roule
Devant les soupirs et les pleurs !

A l'heure où la brise caresse
Et parfume tes beaux cheveux ,
Chante, chante donc la tendresse
Pour être aimé, pour être heureux !

Oh ! comme le luth du poète
Que ta voix chante nuit et jour !
Ta voix mélodieuse est faite
Pour la prière et pour l'amour.

UN MOT.

Un mot, un seul, ô ma beauté suprême !
Oh ! laissez-moi vous le dire à genoux !
Je vous aime !...
Est-il un mot plus doux ?

TRISTESSE.

Oui, j'ai perdu beaucoup, hélas! dans une année!
J'ai vu de mon printemps la fleur déjà fanée :
Ce fut comme un vain son qu'emporte vite l'air.
Un jour, autour de moi je regarde.... — Personne!
    Aucun bonheur ne m'environne
Et je pense : — Aujourd'hui diffère bien d'hier !

Oui, sans elle, pour moi tout est vide et silence !
Elle s'en alla loin, bien loin de ma présence :
Longtemps j'en exhalai mes plaintes vers le Ciel!
Et cependant, il faut que l'arrêt s'accomplisse!
    Hélas ! au fond de mon calice,
Non, je ne croyais pas tant de gouttes de fiel !

Sa voix était si douce et son âme si bonne !
« Que veux-tu, mon ami, qu'au moins je te le donne? »
Son front était superbe et j'admirais ses yeux,
Ses yeux, où le rayon flottait mélancolique,
    Et ses grâces, attrait magique,
Bon pour vous captiver et pour vous rendre heureux!

Toujours sur moi, toujours se posait sa pensée.

Par ma présence, hélas! d'un doux rêve bercée,

Ses regards sur les miens, elle parlait tout bas ;

Et même, quelquefois, abaissant sa paupière,

    Dans une fervente prière,

Elle disait : — « Mon Dieu ! ne nous séparez pas !...»

Cependant, le destin, riant de notre envie,

Après de courts instants, empoisonna ma vie :

Ainsi toujours il fait quand brille le bonheur !

Elle aperçoit bientôt le trait qui nous menace,

    Elle pleurait.... — Le sort, sans grâce,

L'éloigna de mes yeux!. mais elle est dans mon cœur !.

PRIÈRE.

Jeune fille aux yeux noirs, si tendre et si charmante!

Sous le ciel où tu vis, que ma parole aimante

Arrive jusqu'à toi sur l'aile de l'amour !

Pense à moi, comme à toi je pense en notre absence!

    Ton âme, à moi sans doute pense :

Que ce double penser hâte enfin ton retour !

LE BOUQUET.

—

Romance.

Oui , de ce bouquet , de ta main
J'accepte avec bonheur l'hommage :
J'en crois ton sourire divin !
D'un temps plus beau c'est le présage.
Moi , j'aime surtout à sentir
Une fleur par l'amour cueillie....
Mes vers , avec un doux soupir,
Parlez au cœur de mon amie.

Ce bouquet , aux fraîches couleurs ,
Pour la beauté qui me le donne ,
En l'arrosant de tendres pleurs ,
J'en devrais faire une couronne !
Mais je garde ce souvenir
Qui verse un baume sur ma vie....
Mes vers , avec un doux soupir,
Parlez au cœur de mon amie.

Grâce à toi , ce fortuné jour
Sera gravé dans ma mémoire.
Ah ! pour les douceurs de l'amour,
Qui n'abandonnerait la gloire !
Laisse , laisse-moi te bénir,
Ange d'amour ! beauté chérie !
Mes vers , avec un doux soupir,
Parlez au cœur de mon amie.

C'en est fait

—

Chant Élégiaque.

Oui, c'en est fait ! ô pénible existence !
Amours, plaisirs, tout est passé pour moi :
Autour de moi, tout est vide et silence.....
O Dieu ! j'implore un seul regard de toi !
Aucun bonheur ne m'attache à la terre ;
Hélas ! mon Dieu ! ce que j'aimais n'est plus !
Faut-il donc vivre, et triste, et solitaire ?...
O mes beaux jours qu'êtes-vous devenus ?

Grâce à l'amour, ah ! comme mes journées
Douces coulaient, comparables au miel !
Mais que les fleurs meurent, bientôt fanées !
Que le nectar fait vite place au fiel !
J'ai savouré quelques moments de fête
Où les plaisirs glissaient inaperçus....
L'adversité, c'est le lot du poète.
O mes beaux jours qu'êtes-vous devenus ?

Naguère encor, sans trop d'atours parée,
Mon amoureuse était sur mes genoux ;
Mon cœur battait ; et cette âme adorée,
En soupirant, disait : « Ah ! qu'ils sont doux,
Ah ! qu'ils sont doux ces instants pleins de charmes !
Ami, sans toi, les aurais-je connus ?... »
A ce penser je sens couler mes larmes !...
O mes beaux jours, qu'êtes-vous devenus ?

C'était un soir, sur la rive embaumée,
Tout, dans les bois, était silencieux ;
L'air était pur, et de ma bien-aimée
Je contemplais le maintien grâcieux.
Sous les tilleuls, dans la verte campagne,
Par des propos, de Dieu seul entendus,
Nous bâtissions des châteaux en Espagne...
O mes beaux jours, qu'êtes-vous devenus ?

Quand de la nuit l'ombre fut descendue,
Pour peu de temps elle me dit adieu ;
Mais, juste ciel ! je ne l'ai plus revue...
Elle a quitté son amant pour son Dieu !
Depuis ce jour, vers la plaine éternelle,
En la pleurant, errent mes yeux émus...
Quoi ! mon amante, et si douce et si belle !...
O mes beaux jours, qu'êtes-vous devenus ?

Sous la colline où brillait sa présence,
Où nous faisions retentir les échos,
Ah ! que mon cœur remarque son absence !
Sa place est vide au fond de cet enclos ;
De ces tapis formés par la nature
Ses pas légers n'étaient point inconnus ;
Ici chantait sa voix suave et pure...
O mes beaux jours, qu'êtes-vous devenus ?

Adieu, cœur d'or, source de la tendresse !
Adieu, soupirs divins et langoureux,
Volant toujours, ô mon enchanteresse !
S'unir aux miens, dans ces temps amoureux !
Adieu, plaisirs ! aimables causeries,
Pleines d'attraits sous des rameaux touffus
Et que suivaient de longues rêveries !...
O mes beaux jours, qu'êtes-vous devenus ?

Adieu, beaux soirs, extases enivrantes,
Où sans parler la main serre la-main ;
Où, l'œil sur l'œil, dans ces heures charmantes,
Par un éclair on se comprend soudain !
Adieu, bouquets, couronnes et guirlandes,
Dont je couvrais des charmes disparus !
Adieu, bel ange ! adieu, simples offrandes !
O mes beaux jours, qu'êtes-vous devenus ?

A ce naufrage a survécu ma lyre ;
Elle soupire : Hélas ! et puis Hélas !
Comme la cloche, au sein de mon délire,
De mon amante elle sonne le glas.
Un ruban noir à l'instrument se lie
Marquant le deuil de nos baisers perdus...
Sous mes regrets elle est ensevelie !
O mes beaux jours, qu'êtes-vous devenus ?

Ecrit sur un Album.

Quand, par un soir d'automne, assis sur le rivage
Du beau lac de Genève, où Byron fut s'asseoir,
De ton album chéri tu tourneras la page,
Tu me liras, du moins, si tu ne peux me voir !

Tu te diras alors : « Dans mon séjour en France,
Je plaignis un poète, en l'entendant gémir :
Ces deux mots de sa main furent ma récompense.
Je garde cette fleur comme un doux souvenir! »

Généreux étranger, au moment du voyage !
Va revoir ton pays, puis reviens en ces lieux :
Puisses-tu, dans ton cœur, n'essuyer point d'orage!...
C'est mon vœu le plus cher à l'heure des adieux.

UNE FAVEUR.

ROMANCE.

Daigne à l'ombre de tes ailes,
Cher ange! abriter mon cœur :
Belle entre toutes les belles !
J'implore cette faveur.
Naguère, sans espérance,
Je disais toujours : « Hélas ! »
Tu parais... plus de souffrance !
Viens vite, viens dans mes bras !

Tu n'es pas une duchesse
Se parant de mille atours ;
Tu n'es pas une princesse,
Fruit de royales amours.
Sur ton front le diadême
A mes yeux ne brille pas ;
Mais que m'importe ?.. je t'aime !..
Viens vite, viens dans mes bras !

Entr'ouvre ta persienne,
Et, souvent, laisse sur moi
Tomber ce regard de reine
Qui me cause un doux émoi !

10

Et ce soir, sous la charmille
Où l'on se parle tout-bas,
Je te dirai : « Ma gentille ,
Viens vite , viens dans mes bras! »

Ah ! du fleuve de la vie
Ensemble suivant le cours ,
Notre âme sera ravie
Aux doux chants de nos amours,
Au milieu de tendres plaintes,
A l'aspect de chers appas ,
Sous d'amoureuses étreintes.....
Viens vite , viens dans mes bras !

Le retour du Printemps.

Toi que l'absence, hélas! voile encore à ma vue ,
L'espoir ne doit jamais s'éteindre dans ton cœur!
Sur la lune , parfois , vient se placer la nue ,
Mais l'astre des amants retrouve sa lueur.

Idole du poète ! enfant par lui choisie !
Nous nous réunirons dans un fortuné temps :
Alors, je cueillerai des fleurs de poésie
Ecloses à nos pieds au retour du printemps.

FÉLICITÉ PASSÉE.

Je suis seul avec ton image
Enchâssée au fond de mon cœur ;
Sur le temps , sur l'absence, au-dessus de l'orage ,
Plane le souvenir de nos jours de bonheur !

Je n'ai pas oublié , dans mon malheur extrême ,
Le temps où nous buvions dans la coupe de miel,
Où nous goûtions, en paix, l'amour, ce bien suprême
Qui, sur la terre, met le ciel !

Je n'ai pas oublié le vallon solitaire
Où sur la pente d'un beau soir,
Nos cœurs , aux doux rayons de l'astre du mystère ,
Se berçaient d'un si tendre espoir !

Hélas ! je me souviens encore
De ces gentilles fleurs que j'assemblais pour toi,
Où j'imprimais pour celle que j'adore
Un baiser, gage de ma foi !

Respirant les pures haleines
Des brises du printemps qui doublent le plaisir ,
Parfois, sur les monts , dans les plaines ,
Nos cœurs, il m'en souvient, jetaient un doux soupir !

Un soupir ! voilà le langage
Que parlent les cœurs amoureux :
Un soupir dans un bois , sur un charmant rivage ,
N'est-ce donc pas assez pour exprimer ses vœux ?

Lorsque tes yeux , dardant leur vive et douce flamme,
Se posaient sur mes yeux où régnait la fierté ,
Il me semblait voir en toi, sur mon âme ,
La déesse de la beauté !

Ensemble nous allions cueillant la primevère ,
Ensemble nous causions... et nous rêvions tout-bas !
Quand nous marchions sur la fougère ,
L'amour, souvent, ralentissait nos pas...

Durant ces heures fortunées ,
Mon cœur plein de soupirs battait près de ton cœur...
Ah ! que nous voudrions voir nos heures couronnées
Toujours par la main du bonheur !

Des bras qui t'enchaînaient avec un tendre zèle ,
Enfin, tu t'échappais en soupirant : Adieu !..
C'était là ma journée... ainsi qu'elle était belle !
Mais elle finissait et nous quittions ce lieu...

Et tous les jours étaient des jours de fête ,
Et l'aile des plaisirs volait nous effleurer...
Amour ! ô toi qui me créas poète ,
J'étais là pour te célébrer.

Où sont donc aujourd'hui ces heures de tendresse
Quand l'absence cruelle a séparé nos mains
        Qui se serraient dans l'allégresse,
Car nos cœurs ignoraient la source des chagrins !

        Hélas ! elles sont dans la tombe,
        Elles sont dans nos souvenirs...
        Affreux destin ! pauvre colombe !
Nos soupirs, maintenant, sont de tristes soupirs !

Sur ton sein palpitant coulent d'amères larmes,
Tu voudrais du passé rappeler les beaux jours :
        Ah! ce temps n'était pas sans charmes,
        Car c'était celui des amours !

        Le bonheur, pour dorer la vie,
        Ne se reproduit pas souvent ;
Il ne séjourne pas dans notre âme ravie,
        Mais il passe comme le vent.

Tel, sur l'onde perfide, un superbe navire,
        Malgré l'effort des matelots,
Jouet de la tourmente, en un clin-d'œil chavire
        Et s'ensevelit dans les flots !

IMPROVISATION A UNE DAME.

Vous qui goûtez la poésie,
La voix qui vient de loin est une voix bénie.
Votre suffrage à mon cœur est si doux !
Comme de fleurs une charmante pluie,
Que le bonheur pleuve toujours sur vous !

Sur la terrasse du Mas-Amilhon.

Lorsque j'étais là-bas, là-bas sur la terrasse,
Et que nous conversions, Amilhon et Laplace !
A propos de Guizot, des arbres et des fleurs,
Souvent, vous le savez, je restais sans mot dire,
Et vous me faisiez voir, avec un fin sourire,
Que ma pensée était ailleurs !

A TOUS MES PARENTS.

Il m'est doux, quand la strophe est par moi cadencée,
D'y trouver le reflet d'une tendre pensée
Qui provient, sans mentir, de vos excellents cœurs,
Et de songer, surtout, que je puis vous complaire
En modulant des vers, comme, pour me distraire,
Ma main nonchalamment effeuillerait des fleurs!

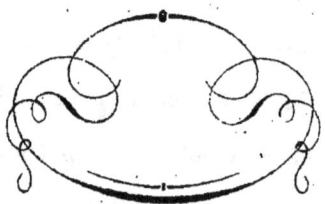

LE RÉVEIL DE LA NATURE.

Romance.

Oui, la nature, au printemps est si belle !
Le rossignol, sur les rameaux des bois,
Roule sa plainte, et tendre, et solennelle...
Jeune beauté, fais entendre ta voix !

    Lorsque tout se réveille,
    Voix qui fis mon bonheur,
    Oh! charme mon oreille
    Et réjouis mon cœur !

Quand le matin dissipe les nuages
Qui, dans la nuit, voilaient le haut séjour,
Du fond des mers et du sein des bocages
S'élève un cri qui dit : Amour ! amour !...

    Lorsque, etc.

Et quand, le soir, vers la voûte éternelle,
Monte à loisir un beau nuage d'or,
La grande voix, la voix universelle
Chante l'amour, ineffable trésor !

    Lorsque, etc.

Oh! quand, vers toi, plein d'amour, je m'élance,
Quand la nature a des sons si touchants,
Jeune beauté, soupire la romance
Et dans mon cœur ruisselleront tes chants!

Lorsque tout se réveille,
Voix, qui fis mon bonheur,
Oh! charme mon oreille
Et réjouis mon cœur !

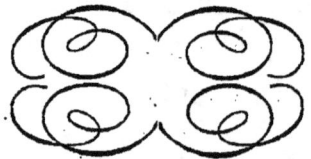

LE RETOUR.

—

ROMANCE.

Je te revois, ô sylphide chérie !
Je te revois plus belle que jamais.
Ah ! qu'il est doux de revoir une amie
Qui nous apporte et la joie et la paix !

Toi que j'adore,
Oh ! ton retour
Me fait encore
Croire à l'amour !

Loin de mes yeux, sur la rive étrangère
Tu demeurais, oubliant trop, hélas !
Que nul bonheur, dans cette vie amère,
Ne me sourit quand je ne te vois pas.

Toi, etc.

Oh ! que ta voix chante dans le silence
Un chant d'amour qui retentisse en moi !
Longtemps privé de ta chère présence,
J'aime à t'entendre.... et n'espère qu'en toi !

Toi, etc.

Ne repars plus ! réponds à ma tendresse !
Ah ! si ton cœur soupire après mon cœur,
Nous coulerons des jours pleins d'allégresse
Et nous dirons : Voilà le vrai bonheur !

Toi que j'adore ,
Oh ! ton retour
Me fait encore
Croire à l'amour !

IMPROVISÉ

Sur la terrasse d'une maison de campagne.

Qu'il est doux de s'asseoir sous ce paisible ombrage !
Qu'il est doux d'écouter ce chant aérien !
Qu'il est doux d'arpenter à loisir ce rivage !
Ici, tout est bien beau, mais il faut davantage :
Il faut une âme aimante, autrement ce n'est rien.

IMPROVISATION A UNE JEUNE PERSONNE.

Eh quoi ! vous voulez lire en mon cœur, douce amie!
Vous aimez les chants amoureux !
Pourquoi chercher si loin un peu de poésie
Lorsqu'on en a tant dans ses yeux ?...

RÉFLEXION.

Que serait cette vie amère
Sans l'amour et sans la beauté ?
On poursuivrait mainte chimère
Sans trouver la félicité !

Le sombre cortége des peines
Serait plus nombreux , plus cuisant ,
Et le poids des terrèstres chaînes
Serait , chaque jour, plus pesant !

Quels ennuis , sans ces doux visages,
Fixant sur nous leurs yeux si beaux !
Quels ennuis , sans ces doux langages
Si propres à calmer nos maux !

Au milieu des soucis sans nombre
Que nous foulons , en cette nuit,
Un rayon , dans notre ciel sombre ,
Du moins , ô beautés! nous sourit.

Ce rayon , c'est votre prunelle
Qui lance le feu de l'amour,
Et qui , dans notre nuit cruelle ,
Fait luire doucement le jour.

FIN.

TABLE

www.ingramcontent.com/pod-product-compliance
Lightning Source LLC
Chambersburg PA
CBHW051135260626
47170CB00005B/1823